# 小説 はたらく細胞

時海結以

原作・イラスト：清水 茜

Kodansha K·K bunko

赤血球《せっけっきゅう》
ヘモグロビンを多く
ふくむため、赤い。血液循環《けつえきじゅんかん》に
よって、酸素《さんそ》と二酸化《にさんか》
炭素《たんそ》を運ぶ。
白血球
白血球《はっけっきゅう》
体内に侵入《しんにゅう》した
細菌《さいきん》やウイルスなど
異物《いぶつ》を排除《はいじょ》する。
KILL
血小板
血小板《けっしょうばん》
血管が損傷《そんしょう》したときに
集合して、その傷口《きずぐち》を
ふさぐ。
キラーT細胞《さいぼう》
ヘルパーT細胞の命令
によって出動。ウイルスに
感染《かんせん》した細胞などを
殺す。

マクロファージ
細菌《さいきん》などの異物《いぶつ》をとらえて殺し、抗原《こうげん》や免疫《めんえき》情報を見つけだす、白血球《はっけっきゅう》の一種。
ヘルパーT細胞《さいぼう》
細胞たちへ外敵の情報や対策《たいさく》などを知らせる。
B細胞《さいぼう》
細菌《さいきん》やウイルスなどの抗原《こうげん》に対し、抗体《こうたい》という武器を作って戦う、リンパ球《きゅう》。
記憶細胞《きおくさいぼう》
抗原《こうげん》の免疫《めんえき》を記憶《きおく》しているリンパ球《きゅう》。細菌《さいきん》やウイルスの再侵入《さいしんにゅう》にそなえている。

# もくじ

# 1 けがをして、血が出た――すり傷《きず》――

ここは、とある人間の体の中。

この体の中に、細胞《さいぼう》という小さなものたちが、たくさんたくさん住んで、いろいろな仕事をしている。

たとえば、ここが街だとしたら、団地《だんち》やマンションみたいな建物には、細胞たちがくらしていて、建物のあいだにはりめぐらされた道を、ぞろぞろ、ぞろぞろ、おおぜいのはたらく細胞たちが歩いている。

なかでも目立つ大きなこの道は、血管、と名づけられている。そのすがたを人間の社会でたとえるなら、地下街の通路や、地下道だ。高くて、明るい照明が点《つ》いた天井《てんじょう》があり、両側にはかべもある。

おおぜい歩いている細胞《さいぼう》たちのうちで目立つのは、赤いぼうしをかぶり、赤いジャケットを着て、荷物の箱を運んでいるものたちだ。もっとも数が多い。

その名前を、赤血球《せっけっきゅう》、という。

暗い赤色のジャケットの赤血球たちが、混雑《こんざつ》した道をぞろぞろ、ぞろぞろ、ぞろぞろ、ぞろぞろ、一方通行で歩いている……その中に、ひとり、きょうからはたらきはじめた赤血球がいた。

人間のすがたでたとえるなら、高校生くらいの少女だ。赤いショートカットの髪《かみ》で、元気そうなバラ色のほっぺたとくちびる、ショートパンツ。

名前は……ないけれど、赤いぼうしに番号のバッジがついている。

AE《エーイー》3803番。

「二酸化炭素《にさんかたんそ》」と書かれた大きな箱を台車にのせて、重そうに押《お》して歩いている。

彼女《かのじょ》とおなじような箱をかかえ、追いついてきた髪の長い女子赤血球が声をかけた。

「3803番、だいじょうぶ？」

「はい、先輩《せんぱい》！　初めてなので、ぐるっと一周ひとりで歩いてみようと思って。運ぶ荷物の酸素を肺で受けとって、右足のかかとの細胞《さいぼう》さんに届《とど》けて、代わりに二酸化炭素《にさんかたんそ》を、肺《はい》へ届けてくれってたのまれて。」

「そう、がんばってね。その先の分かれ道、まちがえないように。」

「気をつけます。えーと、肺へまっすぐ帰るには……。」

３８０３番がジャケットのポケットから地図を出して広げ、確認《かくにん》していると、ころころと何かが転がってきて、こつん、とくつの先に当たった。

「落としちゃった。ひろってえー。」

かわいらしい声に、３８０３番がかがんでひろうと、ひもを芯《しん》に巻《ま》きつけたロールだ。

「これ？」

「うん。」

と、かけよってきたのは、小学校低学年くらいの、水色のワンピースを着た女の子だった。かぶっているいぼうしには、「血小板《けっしょうばん》」と書いてある。

おなじくらいの小さな女の子たちが、おそろいのかっこうで、大きな箱を運んでいた。その箱からこぼれてしまったようだ。

「ありがとう、赤血球のおねえちゃん。」

「どういたしまして。」

女の子はひものロールを受けとり、仲間のところへもどってゆく。それを見送り、3803番はあらためて、地図をじっとながめ、さかさまだと気づいて苦笑《くしょう》した。

「……わたし、すぐまいごになるんですよ、小さかったころから。」

3803番がため息をつくと、先輩《せんぱい》が苦笑した。

「そうね。でもね、このへんからは油断《ゆだん》しちゃだめよ。」

「どうしてですか?」

先輩がきりっと表情《ひょうじょう》をひきしめる。

「このあたりは、静脈《じょうみゃく》という血管だから、皮膚《ひふ》にかなり近いの。ちょっとした衝撃《しょうげき》でも、もろに――。」

先輩が言い終わらないうちに、どんっ、というはげしいゆれが、細胞《さいぼう》たちをおそった。

「うわあっ。」

赤血球たちも大きくはじきとばされ、あたりにたたきつけられそうになる。

「な、なんだ、今の衝撃《しょうげき》は。」

「お、おい、あれを見ろっ。」

そばにいた男子赤血球が指さすほうを、３８０３番が見ると……。

「ま、まぶしいっ。」

見たこともないまぶしい光が、高架《こうか》になっている血管の下に広がる、細い路地がはりめぐらされた細胞《さいぼう》たちの住む街の底から、さしていた。

ばきばきばきばきばき！

街の建物が音を立ててこわれ、がらがらとくずれて、どおおおんっ、と爆発《ばくはつ》とともに光が広がる。

「えええええええっ!?」

３８０３番は悲鳴をあげ、腰《こし》をぬかしてしまった。

**３８０３番たち細胞は知らなかったが、この体の持ち主の人間――「とある人間」は、このとき、サッカーをしていて、相手選手ともつれあって転び、右ひざをすりむいてし**

ドゴオオオ
なんじゃこりゃーっ!!!

まったのだ。

３８０３番たちが感じた、どおおおんっ、という爆発《ばくはつ》や、がらがらとくずれる音、それを体の持ち主は、「痛《いた》み」として感じていた。

傷口《きずぐち》からは、血があふれだす。


「な……何、これ⁇」

街がこわれ、大きな穴《あな》が開いた。底が見えないほど、深い深い穴。

そのとたん、３８０３番の体が、ふわっと宙《ちゅう》に浮《う》いた。穴の中へと、体がすいこまれてゆく。

「わあっ。」

「きゃーっ。」

「助けてえっ。」

まわりにいた赤血球たちもみんな、穴へとすいこまれはじめた。

「いやあああ、すいこまれるぅっ。」

悲鳴をあげながら、穴《あな》の中に落ちかけている空中で３８０３番がじたばたすると、ぐっと右手がひっぱられて体がひきもどされた。

「ぶじかっ。」

かけられた低い声に、３８０３番はそちらをふりあおいだ。

３８０３番の右手をつかまえているのは、真っ白な戦闘服《せんとうふく》を着た、白いぼうしに白い髪《かみ》、はだの色も青白い青年だった。はらばいになり、上半身を穴のふちから乗りだして、もう片手《かたて》でがれきにしがみついている。

彼《かれ》は３８０３番をひきあげ、肩《かた》を支《ささ》えて、安全なところまで連れていってくれた。

「あ……ありがとう……ございます。あぶないところを、助けてくれて。」

「礼はいい。これからここで仕事があるので、早くおまえはにげろ。」

クールに言い放った青年のぼうしには、「白血球《はっけっきゅう》」と書いてあった。ぼうしにつけている番号バッジは、１１４６番。

(白血球さんか。赤血球のわたしとは、ちがうお仕事の細胞《さいぼう》さんかな……服もちがうし。)

「かっこいい……。」と、３８０３番は思わずつぶやいた。

この白い服の細胞《さいぼう》たちは、数は赤血球ほど多くない。けれど、血管の中をパトロールするみたいに、するどく目を配りながら歩いていることに、さっきから気がついていた。

背《せ》をむけて行こうとした白い１１４６番は、赤い３８０３番がじっと見ているのを感じたのか、てれたような顔でふりむく。

「……いや……まあ……どういたしまして……。」

「あ、はい。あの……なんなんですか、これ。」

初めてのことで、わけがわからない３８０３番は、穴《あな》のほうを指さして、１１４６番にたずねた。赤血球の先輩《せんぱい》もすがたが見えなくなっている。

「……新入りか。」

とつぶやき、１１４６番は、たんたんと説明した。

「外からの衝撃《しょうげき》によって、血管の外のかべ──あの一般細胞《いっぱんさいぼう》たちの街がこわれ、赤血球など、血管を進んでいた細胞たちがかべの外へ流れでてしまう。つまり、すり傷《きず》だ。」

「あの穴が、すり傷……の、傷口ってこと。」

「あの傷口から落ちたら最後だな。二度と、こっちの世界にはもどれないだろう。外は、おれたちが生きていくことができない場所だと、いわれている。」

「お……落ちたら最後って……大変じゃないですか！　早くなんとかしないと！」

（先輩《せんぱい》も、まわりにいた仲間たちも……落ちたんだ。）

こわくてこわくて、３８０３番はがたがたとふるえた。

「仲間のことは残念だった……。だが、もう心配するな。この傷口《きずぐち》は、じきにふさがる。だが、その前にやっかいなことがあってな。それが――。」

言いかけた１１４６番が、

「来たぞ！　ふせろっ。」

とさけび、がれきの山のかげへ、３８０３番をつきとばした。かばうようにして、前に立ちふさがる。

「ええっ!?」

ごごごごごごぉぉぉぉぉんっ。

うなりをあげて、穴《あな》の中から飛びだしてきたのは、モンスターたちだった。さまざまな色やすがたをしていて、うじゃうじゃいる。つぎからつぎへと飛びだしてくる。

モンスターたちは、たいてい赤血球や白血球よりもひと回りもふた回りも大きい。このとき現《あらわ》れたどのモンスターも、背《せ》や腰《こし》、頭などから、うねうねとうごめく長い触手《しょくしゅ》を、何本も生やしていた。

１１４６番のぼうしから、丸印の書かれたちょっとかっこ悪い札が、アンテナみたいに飛びだし、ぴんぽーん、ぴんぽーん、とたよりない音を鳴らしはじめた。

「抗原《こうげん》発見！　おなじみの連中だな。さっそくお出ましか、細菌《さいきん》のモンスターども！」

さけび、１１４６番が身がまえた。モンスターたちが気味の悪い声で高笑いする。

「ぎひひひ、ここが人間の体内かあ。」

「悪くないわね。」

「ほーっほっほっほ、うわさどおり、仲間を増《ふ》やすには、もってこいの場所。えさになる細胞《さいぼう》どもがいっぱいだ。」

「さあ、この体を征服《せいふく》しようぜ！」

おそろしい細菌モンスターたちのすがたを目《ま》の当《あ》たりにして、ふたたび、３８０３番は腰《こし》をぬかしてしまった。

細菌《さいきん》ども・・・・・!!
ここが人間《にんげん》の体内《たいない》かぁ〜〜〜
ホホホ
噂通《うわさどお》り増殖《ぞうしょく》するにはもってこいの場所《ばしょ》
ゴゴゴゴ
お出《で》ましか・・・・
白血球
あ・・・・あわわ
オオオ

「あ……あわわ……。」

「にげてろっ!!」

1146番にどなりつけられ、3803番ははじかれたように飛びあがって、にげようとする。

「待て！　そこの赤血球！」

と、背後《はいご》から細菌《さいきん》モンスターが一匹《ぴき》、おそってくる。

「そうはさせない！」

1146番が、右の太ももにくくりつけていたホルダーから、戦闘用《せんとうよう》の大型ナイフをぬいた。白刃《はくじん》をひらめかせて、すれちがいざまにモンスターのふところへおどりこみ、のどもとを切りさく。

「ぎゃうううっ。」

細菌モンスターの悲鳴とともに体液《たいえき》が飛びちり、1146番の白い服がよごれてゆく。

たおれこんだモンスターは、動かなくなった。

そのようすを、がれきのかげで、にげられずにへたりこんだ3803番は見ていた。

（これが、白血球さんのお仕事！　外から来た細菌《さいきん》モンスターと戦って、たおすんだ。）

しかし、モンスターは数えきれないほどいる。白血球の仲間たちがかけつけてきて、はげしい戦いが始まった。

（うわあ、白血球さん、すごく強い……でも。）

「白血球さん、もっとこっちで戦わないと、傷口《きずぐち》にすいこまれちゃいますよっ。」

３８０３番は大声で１１４６番によびかけた。

「おれのことは気にするな！　早く行け！　にげろ！　早く!!」

「で、でも……。」

そのとき、がれきのつみかさなった奥《おく》から、赤血球の先輩《せんぱい》が顔を出し、はっとなって、そばにかけよってきた。

「あんた、ぶじだったの！」

「生きてたんですね、先輩、よかったあ！」

「ほらっ、何ぐずぐずしてんのっ。」

「で、でも……。」

３８０３番が１１４６番を気にして、ふり返ると、先輩《せんぱい》にえり首をつかまれた。

「行くよ！」

先輩にひきずられながら、３８０３番はにげるしかなかった。

（うう……白血球さん……わたしだけにげるなんて。）


せめて、何か役に立つことをしよう、と、ほかの血管までにげのびた３８０３番は、そこにいる「二酸化炭素《にさんかたんそ》」の箱を運んでいた赤血球たちにむかい、大声でさけんだ。

「たっ、大変ですーっ。今、むこうで、でっかいすり傷《きず》ができて、傷口から細菌《さいきん》がうじゃうじゃとーっ。早くにげてーっ。」

けれど……。

「わはははは、この体は、おれたちが乗っとることにした。」

そこへ、細菌モンスターが二匹《ひき》、追いついてきた。

「うわあああ。」

「やっべえ、細菌だあっ。」

赤血球たちがパニックを起こす。箱を放りだしてにげようとするけれど、そこにあるのは、血液《けつえき》の逆流《ぎゃくりゅう》をふせぐゲート（静脈弁《じょうみゃくべん》）。これがあるので、血管という道では一方向にしか進めないのだ。

ゲートはぴたりととざされたままで、赤血球たちには開けられない。

「開けてくれーっ。」

「きゃああ、殺されるーっ。」

「助けて、助けてえっ。」

悲鳴をあげて、押《お》しあいへしあいする赤血球たちへ、

「きひひっ、覚悟《かくご》しな。」

「ぐわっはっはっはぁ、わめいても、むだだぁ！」

と、うす気味悪く笑いながら、細菌《さいきん》モンスターがせまってくる。

そこへ、新しい白血球の戦闘《せんとう》部隊の一団《いちだん》がかけつけてきた。

全員、白い戦闘服すがたの青年で、ぴんぽーん、ぴんぽーん、とぼうしの丸印アンテナを鳴らしている。どうやらこの音は、敵《てき》を発見し、戦闘態勢《たいせい》をとるための警報《けいほう》らしい。

彼《かれ》らはたちまち、二匹《ひき》の細菌《さいきん》モンスターをたおしてくれた。

けれど、ぴんぽーん、という警報《けいほう》は鳴りやまない。

「まだいるぞ！」

「ほかの細菌どもはどこだ！」

「すり傷《きず》ってのは、どこだあっ。」

白血球たちは殺気立っていた。

「あ、あっちです。」

3803番が指さすと、

「そうか、ありがとう！」

「野郎《やろう》ども、近道するぞ！」

白血球の部隊は、血管のかべにあるドアを押《お》しあけ、外へ出て、消えてしまった。

「あ……あんなところにも、通路が？」

3803番はおどろき、しまったドアを押してみたが、びくともしない。

「え？」

「それは、彼《かれ》らだけができることよ。」

先輩《せんぱい》がそばに来て、教えてくれる。

「『遊走《ゆうそう》』ってよばれる技《わざ》なの。一部の白血球たちの得意な技で、血管のかべからかべへぬけて、近道ができるのよ。だから、一方通行も関係なし。敵《てき》がいるところへ、いち早くかけつけられるんだから。」

「へえ、すごーい。」

「今ごろ、たくさんの白血球の部隊が、傷口《きずぐち》にかけつけているから、きっともうだいじょうぶよ。」

先輩がなぐさめてくれたけれど、３８０３番は心配だった。

(傷口から落ちてないよね？　けがしてないよね？)

赤血球たちも、ほっと息をついたものの、ざわざわとしている。

「白血球たちが来てくれた……。」

「もう、だいじょうぶ……なのか？」

「いや、だいじょうぶとはいえないだろ。だって、細菌《さいきん》どもがうじゃうじゃ入ってきたって……。」

「傷口《きずぐち》から落ちたら、最後だしなぁ。」

「まあ、がんばってもらうしかないな。」

３８０３番もいのった。

（白血球さん、どうか、ごぶじで……負けないで。）

◯

そのころ、白血球の１１４６番は、傷口付近で、細菌《さいきん》モンスターたちと死闘《しとう》をくりひろげていた。ほかの仲間とはひきはなされてしまい、ひとり、追いつめられて、モンスターたちにかこまれたのだ。

「白血球め、くられえっ。」

頭上に浮《う》いている一匹《ぴき》のモンスターが、ぶんっ、と、するどいとげの生えた触手《しょくしゅ》の先をのばしてくる。その触手を１１４６番は片手《かたて》でつかみ、びしゅっ、とナイフで切り落とす。モンスターがいきり立った。

「こいつ生意気な！　動きを止めろっ。」

とげとげの触手《しょくしゅ》の先が何本も、からみあいながら同時にのびて、1146番の胸《むね》と肩《かた》を傷《きず》つけながらかすめ、どすどすどすっ、といきおいよく血管のかべにつきささった。とげが深くかべにさしこまれる。

「うぐっ……ぐぐ……。」

からみあった触手のとげによって、1146番は上半身を完全に押《お》さえこまれてしまった。

「よし、これでこの白血球は終わりだ。おまえら、別の白血球のところへ行け。やつら、しょうこりもなく、かべから出てきやがる。」

1146番を追いつめた細菌《さいきん》モンスターが、そう仲間に命じた。それから、1146番をふり返る。

「がはは、刃先《はさき》のようにするどいとげにかこまれて、動けまい！」

しかし、1146番はモンスターをにらみつけると、全身の力をふりしぼって、とげを全部触手《しょくしゅ》からひきちぎった。つかんだ触手をたぐり、モンスターをゆか近くまでひっぱり落とすと、間髪《かんはつ》をいれずに体当たりする。

「ばかなっ。」

とさけぶモンスターの首すじを、いっしゅんにして、１１４６番はナイフで切りさいた。

「ぐあああっ。」

どさっ、とモンスターがたおれ、肩《かた》で大きく息をしながら、１１４６番はあたりを見回した。ひとりでたおしたモンスターたちが、いくつもいくつも転がっている。

「はぁ……はぁ……みょうだな。こいつら、おれと戦わずに、体の奥《おく》へとにげることもできたはずだが。」

たかが白血球ひとり、無視《むし》することもできたはずだ。けれど、今、とげとげ触手のモンスターが命じるまでは、全部がここで足を止め、順に１１４６番へおそいかかってきていた。首をかしげたとき……。

胸《むね》ポケットに入れた携帯型《けいたいがた》通信機から、仲間の声が聞こえてきた。

『１１４６番、近くで２０４８番が苦戦中らしい。むかってくれ！　おれたちもここの細《さい》菌《きん》をかたづけたら、行く。……なんか変だぞ、細菌どもが捨《す》て身《み》でかかってくる。気をつけろよ。』

「了解《りょうかい》。」

(捨て身……やつらのねらいは、いったいなんだ?)

1146番は首をかしげつつ、傷《きず》ついて痛《いた》む体をふるいたたせて、より傷口の近くへと走った。

傷口のすぐそばで2048番が、にげおくれた数名の赤血球をかばい、細菌モンスターたちとひとりで戦っている。1146番は加勢《かせい》に飛びこみ、背後《はいご》からモンスターを切りたおした。

「すまん! 1146番、助かった!」

ぜーはーと息をはずませているふたりを、天井《てんじょう》近くの宙《ちゅう》に浮《う》いている黄色い細菌モンスターが、ばかにしたような目で見下ろしている。触手《しょくしゅ》がなく、しっぽが一本生えているだけだ。しかし、そのしっぽが、体長よりも長く、太くて、とても力がありそうだ。

「ふん、なかなかやるじゃない。でも、いつまでもつかしらね。」

にらみ返す1146番に、黄色い細菌《さいきん》モンスターは冷たく言った。

「まだまだ外からいっぱい来るわよ？」

その言葉のとおり、傷口《きずぐち》の穴《あな》の中から、またうじゃうじゃとモンスターたちが飛びだしてくる。がれきの上に、どんどんと降《お》り立《た》つ。

「くそっ。」

1146番が身がまえたとき、

「応援《おうえん》に来たぞぉぉぉぉ。」

かべのドアが開き、おそろいの白い戦闘服《せんとうふく》に白いぼうし、白血球の戦闘部隊がおおぜいやってきた。

「助か……うわっ⁉」

傷口の穴がすいこむ力を発動し、1146番は足をすくわれた。

「くっ！」

急いで、戦闘服の背中《せなか》にあるL－セレクチン装置《そうち》のスイッチを入れる。体がゆかにすいつけられて止まった。２０４８番もだ。

傷口《きずぐち》近くでも、白血球が外へ落ちずに戦えるのは、この装置《そうち》で服がかべやゆかにすいよせられるからなのだ。しかし……。

「うわああああっ。」

「ばっ、ばか、４９８９番！　ちゃんとスイッチ入れとけ！」

１１４６番のさけびもむなしく、応援《おうえん》に来たひとりが傷口の穴《あな》に落ちて消える。

「あ……あぁぁ……。」

１１４６番と２０４８番が悲しみの声をあげていると、背後《はいご》から一撃《いちげき》がおそってきた。

「しまった！」

気配に気づいたときにはおそく、ふたりは、黄色い細菌《さいきん》モンスターのしっぽでぶんなぐられ、まとめてふっ飛ばされる。応援の部隊もみんな、ほかのモンスターたちの触手《しょくしゅ》にはらいのけられて、がれきに打ちつけられていた。

黄色い細菌モンスターがあざ笑う。

「あははは、あんたの仲間は、ずいぶんたよりないわねえ。」

「く……！」

「きゃーはは っ、かわいそうだこと。さあ、みんな、かたづけちゃいなさい！」

命令を受けて、細菌《さいきん》モンスターたちがいっせいに、ものすごいスピードで長い触手《しょくしゅ》をふりまわした。するどいかぎづめのついた先端《せんたん》を、白血球たちにぶつけてくる。

ナイフで反撃《はんげき》し、切り落とそうとするが、速すぎて追いつかない。刃《は》がむなしく宙《ちゅう》を切るだけだ。

「もうだいぶ疲《つか》れてきてるんじゃないの？　落ちないようにゆかにしがみついているのが、せいいっぱいじゃない。」

がきん！　がちん！　がちっ！　ふせぐナイフと触手のかぎづめがぶつかる。

おおぜいのモンスターたちによって、たえまなくおそってくる触手のかぎづめを、ナイフでふせぐしかできず、白血球たちは身動きがとれなくなった。１１４６番だけでなく、どの白血球も傷《きず》ついてぼろぼろだ。

「ほーほほほほ、あわれなもんねぇ、好中球《こうちゅうきゅう》ってのは。毎日毎日、ほかの細胞《さいぼう》を守るために戦ってるのに……。自分がピンチのときは、だれからも助けてもらえないなんて。」

黄色い細菌《さいきん》モンスターのさげすんだ言いかたに、1146番はクールに問い返した。

「ほう。おれたちのことを、ただの『白血球』ではなく、『好中球』と正式な名前でよぶか。すこしは勉強しているようだな。」

「当然じゃない。そっちこそ、あたしの名前くらいおぼえてほしいものね。あたしは黄色《おうしょく》ブドウ球菌《きゅうきん》。人間の体を征服《せいふく》し、えさにするなんて、じつにかんたんなこと、実力ある細菌なの。」

「それで？　何を当然だと言う？」

「ちゃんと調べてきたってことよ。傷口《きずぐち》から入ってきた細菌に、真っ先に自己判断《じこはんだん》で対応《たいおう》するのが、白血球の仲間のなかでも、好中球とよばれるザコ兵だってことも。おなじ白血球でも、マクロファージや単球《たんきゅう》なんかの強力なやつは、司令塔《しれいとう》からの指示《しじ》を待つから、来るのがおくれるってことも。リンパ球《きゅう》とよばれる軍隊は、到着《とうちゃく》がさらにおくれるってこともね。」

**そう、このモンスターの言うとおりだ。白血球の兵には種類があり、血管をいつも見回**

りで歩いている白い戦闘服《せんとうふく》の者は、好中球という警察官《けいさつかん》のような存在《そんざい》だ。

より戦闘の強いほかの白血球、そして軍隊のようなリンパ球は、司令官の命令がなくては動かない。なぜなら、戦うと、自分たちの居場所《いばしょ》にまで被害《ひがい》をおよぼす場合があるほど、強いからだ。

人間はそれを「ひどい痛《いた》み」や「腫《は》れ」として感じる。

よほどおおぜいの敵《てき》がおそってきたり、とても強い未知の敵が入ってきた場合などの、より危険《きけん》な事態《じたい》になったときだけ、こうした専門家《せんもんか》が出動する。

黄色い細菌《さいきん》モンスターは、えらそうな口ぶりで話を続けた。

「わかる？　つまり、あんたたち好中球さえ始末すれば、あとはこっちのもんだってことよ!!　のろまな連中なんて、いても意味がないわ。」

ばしっとふりおろされた触手《しょくしゅ》のかぎづめを、がきぃんっ、と音を立てて、1146番はナイフで受け止めた。

「なっ、止めた⁇　そんな気力が、ぼろぼろのあんたのどこに……。」

1146番は冷静だった。

「なるほどな……。それでおれたちだけをねらい、たおすのに、熱心だったわけか。黄色《おうしょく》ブドウ球菌《きゅうきん》、おそまつな作戦だ。」

「何いっ。」

「おまえは……かんじんな血球を見落としていたようだな。マクロファージでも単球でも、リンパ球のキラーT細胞《ティーさいぼう》や、武器《ぶき》作りの達人B細胞《ビーさいぼう》でもない、おれたちの強力な助《すけ》っ人《と》を。」

「ほかに、だれが戦うっていうのよ。負《ま》け惜《お》しみも、休み休み言いなさいな。」

「この状況《じょうきょう》をひっくり返すだけの力を持った、仕事人《プロ》だ！」

はあ？　と黄色い細菌《さいきん》モンスターがあきれたとき……ざ、ざ、ざっざっざ……と数知れないほどおおぜいの足音が近づいてきた。

「だ、だれだっ⁉」

モンスターがふり返った視線《しせん》の先、がれきのむこうから現《あらわ》れたのは！

おつかれさまです!!
血小板
血小板
血小板
血小板
血小板

「おつかれさまでぇーすぅ。」

GPIb《ジーピーワンビー》と書かれたリュックサックを背負《せお》い、肩《かた》からバッグをななめがけして、水色のワンピースを着た、おおぜいの小さな女の子たちだった。

人間でいえば、小学校低学年くらいの……。

「……はあ?? 何よ、このチビたち。」

武器《ぶき》も持たず、どう見ても戦闘《せんとう》要員ではないそのすがたに、モンスターたちがあきれはて、げらげら笑いだす。

それにはおかまいなしに、「血小板」と書かれた白いぼうしをかぶっているその女の子たちは、整列する。リーダーが指示《しじ》をした。

「はぐれないように、勝手な行動はしないこと!」

「はいっ。」

「ほかの子とけんかしないこと!」

「はいっ。」

「ＧＰＩｂとかをちゃんと使って、傷口から落ちたり、飛ばされないようにすること！」

「はぁいっ。」

いっせいに、背中のリュックサックのスイッチを入れる。白血球の服の装置とおなじで、体を飛ばされないようにするもののようだ。

「凝固因子は持ちましたか？」

「持ったよぉー。」

彼女たちがバッグから出して、いっせいに高くかかげたのは、あのひものロールだった。

「よーし！　それじゃあ、行くよー！」

リーダーのかけ声と同時に、全員がひもをほどいて投げた。

「それぇっ。」

するするするーっと、ひもがいっしゅんで長く長くのび、からみあうとネットになって、たちまち傷口をおおってゆく。

「ええっ、うそぉ!?」

34

黄色い細菌《さいきん》モンスターがあっけにとられている。

「き、傷口《きずぐち》がネットでふさがれた⁇　これじゃ、細菌の仲間をよべない‼」

疲《つか》れはてうずくまったり、ひざをついていた白血球たちが、立ちあがった。

「これで、敵《てき》が増《ふ》える心配がなくなった。」

「もう、細菌はここにいるだけだ。」

「全部、ぶったおすぜ！」

ふたたび、戦闘《せんとう》が始まった。

元気と勇気を得た白血球たちが、力を合わせてつぎつぎとモンスターたちを追いつめ、切りたおしてゆく。

なすすべなくモンスターたちはやられてゆき、まもなく、残るは宙《ちゅう》でにげまどう、黄色い細菌モンスターただ一匹《ぴき》になった。

1146番は仲間たちの先頭に立ち、黄色い細菌モンスターに指をつきつけた。

「血小板たちは体が小さいので、混雑《こんざつ》した血管でも、ほかの細胞《さいぼう》のあいだをすりぬけて、速くやってこられるんだ。」

うっ、と黄色い細菌《さいきん》モンスターは絶句《ぜっく》した。

「たよりにならないのは、おまえの仲間のほうだったな。」

「こっ、こうなりゃ、あたしひとりでもーっ。」

顔をゆがめ、ぎりぎりと歯がみした黄色い細菌モンスターが、かぎづめのついた触手《しょくしゅ》をのばしてくる。

「もうおそい！」

かぎづめをかわし、大きくジャンプした１１４６番のナイフが、モンスターにとどめをさした！

「ぎゃあああああっ。」

◯

敵《てき》をたおした１１４６番は、宙《ちゅう》から落下して、ネットに受け止められた。

「ふう……。」

これで、今回の戦闘《せんとう》は終了《しゅうりょう》だ。

「おつかれさまでしたー。」

血小板の女の子たちが、ネットの上をかけてきて、ねぎらってくれた。

ネットには、がれきがたくさんひっかかっている。たおれたまま、1146番がそれを見回すと、

「あ、4989番、生きてた!」

「……うん……こわかった……。」

がれきにしがみついた4989番が、よわよわしい声でこたえる。ぎりぎりでスイッチを入れるのがまにあい、傷口《きずぐち》から大きくぶらさがっていたがれきにすいついたようだ。

「よかった。」

1146番がほっとして胸をなでおろしていると、聞きおぼえのある声が遠くから耳に届《とど》いた。

「白血球さーん! 白血球さあぁぁぁぁぁんっ。」

よびながら、傷口の穴《あな》のふちからのぞきこんできたのは、赤血球のAE3803番だ。

「あっ、いた、白血球さん！」

ネットの上、１１４６番のすぐわきへと飛びおりる。

「よかった、ぶじだったんですね！」

３８０３番はひざをつき、真剣《しんけん》な顔になると、お礼をのべた。

「あの……ありがとうございました……本当に。」

「いや、わざわざ礼なんていい。おれたちは自分の仕事をしただけだ。」

すると、３８０３番はぶんぶんと音がしそうなほど、大きく首を横にふった。

「いえっ、いえいえ！　どうしても言いたくて、来たんです。白血球さんたちは、悪い細《さい》菌《きん》と戦ってくれて、血小板ちゃんたちは傷口《きずぐち》をふさいでくれて……。

血管の中の平和を守ってくれてたのに、赤血球《わたし》たちはにげるばかりで、何もできなかったから。せめて、お礼くらいはちゃんと言っておきたくて……お礼を言うしか、できないんですけど。」

なみだぐむ３８０３番に、１１４６番は静かにこたえた。

「……いや、そんなことはないんだ。赤血球……おまえも今回、役に立っている。」

白血球《はっけっきゅう》さんたちは細菌《さいきん》と戦《たたか》ってくれて
血小板《けっしょうばん》ちゃんたちは傷口《きずぐち》をふさいで…. 血管《けっかん》の中《なか》の平和《へいわ》を守《まも》ってくれたのに
赤血球《わたし》たちは逃《に》げるばかりで何《なに》もできなかったから
AE 3803
せめてお礼《れい》くらいはちゃんと言《い》っておきたくて….
エヘヘ

「え？」

「現在《げんざい》進行形でな。」

「……へ？」

たおれている１１４６番に顔を近づけて、もっと声をよく聞こうとした３８０３番だったが……。

「ていうか、あの……白血球さん、なんで、さっきから、ねころがったまま身動きしないんですか？　……わたしも……動けなくなってるんですが……。」

「フィブリンだ。凝固因子《ぎょうこいんし》というものによって作られる、フィブリンのひもで、このネットはできている。これは、のりみたいにべとべとするんだ。」

「のり？　あっ、本当だ、わたしの手と足がネットにくっついてる！」

「おれもくっついてるんだ。」

え、ちょっと、ときょろきょろした３８０３番が、大声をあげた。

「ああっ、先輩《せんぱい》たちが、フィブリンのついたひもにくっつけられてしばられ、血小板ちゃんに連れてかれる。」

赤血球の先輩《せんぱい》やその他おおぜいが、何十人もまとめてひもでぐるぐる巻《ま》きにされ、血小板の女の子にひっぱっていかれている。

そんなことも知らなかったのか、と1146番はあきれながら、3803番に教えた。

「……血管に穴《あな》が開いたときはな、外とのかべになる細胞《さいぼう》の街の、修理《しゅうり》が終わるまでのあいだ、おれたち、血球の体を使って穴をふさぐことになってるんだ。」

言い終わるかどうかのうちに、3803番と1146番の上にも、どんどんとしばられた赤血球や白血球たちが投げこまれ、その上からさらにネットがはられてしまった。

ぎゅうぎゅうづめにされたまま、みじろぎがかなわなくなって、3803番がぼやく。

「全然動けない……白血球さん……いつまでこうしてればいいんですか……。」

「あと、三日くらいかな。」

**傷口《きずぐち》をふさぐため、赤血球などがネットにとじこめられたこの状態《じょうたい》を「血栓《けっせん》」とよび、その外側に人間が「かさぶた」とよんでいるものができる。**

「そんなあぁぁ……。」

３８０３番が大きなため息をついた。

「まあ、しかたがない。あきらめろ。」

「……そうですね。じゃあ、気を取りなおして、あらためて、自己紹介《じこしょうかい》します。赤血球のAE３８０３番です。白血球さんは？」

「なぜ、そんなことを聞く。」

「せっかくですから、お友だちになりましょうよ。わたしまだ、きょうはたらきはじめたばかりで、知らないことだらけで。とくに、ほかの細胞《さいぼう》さんのことは、全然。」

ぴったりと１１４６番によりそったまま、にこにこと、笑顔《えがお》の３８０３番が返事を待っているので、にげられない１１４６番は観念した。

「……好中球１１４６番だ。」

「こ……こーちゅー球？　白血球さんじゃないんですか？」

「白血球には、いろいろと種類があって、それぞれの仕事もちがうんだ。おれは、好中球。血管をパトロールして、侵入《しんにゅう》した抗原《こうげん》——敵《てき》を真っ先に発見し、さっさとやっつけるのが仕事だ。」

へえ、と3803番が感心した。

「えっと、わたしは、一般細胞《いっぱんさいぼう》さんのお仕事に必要な『酸素《さんそ》』を肺《はい》で受けとって、指定されたところへ配達し、交換《こうかん》に、その細胞さんのお仕事でできるいらない『二酸化炭素《にさんかたんそ》』を受けとって、肺へ運んでもどすお仕事をしてます。」

「……知っている。」

「え、えと、じゃあ、わたしたちが運ぶ流れにのって、『栄養素《えいようそ》』っていう、一般細胞さんのお弁当《べんとう》や、細胞さんから出たごみが運ばれていくのも。」

「知っている。」

「すごいんですね、白血球さんって、なんでも知ってて。」

「毎日パトロールしているからな。」

3803番が、きらきらとあこがれるひとみになった。

「じゃ、あの、そのぼうしの後ろに折れてたおれている、丸印のアンテナ、なんですか？

さっきは立ちあがって、ぴんぽーん、て鳴っていたんですけど。」

「レセプター。抗原《こうげん》がそばにいると、反応《はんのう》する装置《そうち》だ。味方に化けていたり、かくれている敵《てき》でも、発見することができる。」

「すごーい。でも……もうちょっとかっこいいデザインには、ならなかったんですか？戦闘服《せんとうふく》もどっちかというと、作業服みたいだし……。」

３８０３番がぼそぼそとつぶやいた。

「ん？　なんだ、赤血球。」

「あ、なんでもないです……えへへ。でも、白血球さんは、とってもかっこいいです！」

# 2 はーっくしょん！—くしゃみ—

ネットにとじこめられて数日、赤血球《せっけっきゅう》のAE《エーイー》3803番は、白血球《はっけっきゅう》の1146番と仲よく話をして……いや、ぶっきらぼうで無愛想な1146番とでは、それほど話もはずまない。

さほど仲よくなれなかった3803番と1146番だが、解放《かいほう》されて元の仕事にもどることができた。

3803番がふたたび二酸化炭素《にさんかたんそ》を運んで肺《はい》へむかっていると、パトロール中の1146番を見つけた。

「こんにちはーっ。また会いましたねーっ、白血球さーん。」

しかし、通信装置《そうち》で何ごとかを聞いた1146番は、あせったようすになり、走りだす。３８０３番も、二酸化炭素《にさんかたんそ》の箱をのせた台車を押《お》しながら、追いかけてたずねた。

「どうしたんですかっ。」

「また、おまえか……。まさか、この広い世界で、再会《さいかい》するとはな。」

いっしゅんめんどうくさそうな顔になったけれど、すぐに元の無表情《むひょうじょう》に変わり、１１４６番はていねいに説明してくれた。

「肺炎球菌《はいえんきゅうきん》というおそろしい敵《てき》が、肺へむかっているという連絡《れんらく》が入った。」

「肺炎球菌？」

「例の細菌《さいきん》モンスターのひとつで毒を身にまとっている。肺にいすわって仲間を増《ふ》やすのが目的で、やがて増えすぎて肺をこわしてしまう。」

「大変！　わたし、今、肺に行こうと……！」

肺が心配になり、走る１１４６番を、３８０３番は追いかけた。

「あぶないのは肺だけじゃない。菌が血管の中へにげたらまずい。」

「また、わたしたちがおそわれる……？」

「やつらは、おまえたち赤血球を毒液《どくえき》でとかし、えさにするんだ。」

「ひえっ。」

「増《ふ》えた菌《きん》は血管をめぐって、体中を攻撃《こうげき》し、最終的にこの体をほろぼす。しかもやつらは行動が早い！　二十四時間くらいで、全身を攻撃できるほどに増えることもある。」

「そ……そんな……。」

こわくなった3803番は、思わず1146番のうでにしがみついた。はずみで1146番がよろけ、運んでいた「二酸化炭素《にさんかたんそ》」と書かれた箱に手がふれる。

とたんに丸印アンテナ――レセプターが立って、ぴんぽーん、ぴんぽーん、ぴんぽーん、とやかましく鳴りはじめた。

「これは……近くにいるぞ。さがさなくては。」

3803番も手伝い、ふたりであたりをさがしたけれど、あやしいやつは見つからない。手がかりもない。ただ、レセプターだけが鳴りやまない。

「そういえば白血球さん、その肺炎球菌《はいえんきゅうきん》って、どんなすがたなんですか？」

「……知らずにさがしていたのか。というか、おまえは危険《きけん》だ、早く自分の仕事にもどれ。」

「そうだ、わたし、肺《はい》に行かないと。」

３８０３番は、台車にのせた二酸化炭素《にさんかたんそ》と書かれた箱を見た。

「肺か……どうせ、やつの目的地は肺だ。危険《きけん》だから、いっしょに行こう。」

「ありがとうございます。本当は、ちょっとこわかったんです。」

「ついてこい。急ぐぞ。」


３８０３番と１１４６番は、肺の入り口についた。赤血球たちが運ぶ荷物の箱を受けとったり、あずけたりする、広い広いターミナルだ。

「いつもどおり、赤血球でにぎわっているな……まだどこも、さわぎになってはいない。」

「菌《きん》を、追いぬいちゃったんですかね。」

「いや……レセプターは、ずっと反応《はんのう》してるんだが……。」

ぴんぽーん、と音をひびかせながら、１１４６番がふしぎそうに首をかしげる。

「故障《こしょう》か？　まいったな。」

あたりをまた見回すと、１１４６番は表情《ひょうじょう》をひきしめた。

「おれはここで見張《みは》っている。おまえとはお別れだな。」

「いっしょに来てくれて、ありがとうございました、白血球さん。」

「お疲《つか》れさん、気をつけてな。」

3803番は「お疲れさまでーす。」と、1146番に手をふりながら、二酸化炭素《にさんかたんそ》の箱をのせた台車を押《お》して、肺《はい》の奥《おく》へと進んだ。

酸素《さんそ》の箱と二酸化炭素の箱との交換《こうかん》は、奥にある「肺胞《はいほう》」と書かれた小さな部屋でするのだ。

毛細血管というせまいせまい通路を通って、肺胞へむかう。

「ええと、毛細血管はせまいから、順番にひとりずつ入ること。先輩《せんぱい》に言われたマナーを守らなきゃ。」

3803番は、通路のドアを開けて、「使用中」という札を外のノブにかけた。

ほかにだれもいない通路を、台車を押していき、行き止まりにある肺胞の部屋のドアに「失礼しまーす。」と声をかけ、開く。

ひとりずつなので、当然、通路や部屋にはだれもいない。

「これを置いて、あっちの酸素《さんそ》の箱を……酸素のあて先は……。」

3803番が部屋の中に、二酸化炭素《にさんかたんそ》の箱をおろそうとしたとき。

ざくっ、ざくざくっ、ざざざざっ。

するどいかぎづめが、箱の内側からつきだされた。ふたをとめていた粘着《ねんちゃく》テープが切りさかれる。

「……え……っ!?」

ふたが大きく開き、中から気味の悪いモンスターが顔をのぞかせた。青みがかった上半身を箱から乗りだして、にやり、と笑うと、低い声でつぶやく。

「よう、ありがとよ。ここまで運んでくれて。」

(う……うそ……なんで……。)

なんておそろしいすがた……頭上や腰《こし》から生えた何本もの触手《しょくしゅ》が、ぐにゃぐにゃ、うねうね、うごめいている。その一本一本の先に、するどいかぎづめがついていた。

これが肺炎球菌《はいえんきゅうきん》だ、と直感でさとった3803番は、悲鳴をあげ、にげだそうとした。

しかし、しめたドアの、ドアノブに手をのばそうとしたしゅんかん、どすっ、とかぎづめが手もとに打ちこまれる。

続けて、どす、どす、どす、とかぎづめが肩《かた》やうでをかすめて、ドアにねじこまれた。

3803番は足がすくみ、がたがたふるえて、動けなくなってしまった。

そのまま、触手《しょくしゅ》で作られたおりに、とじこめられてしまう。

モンスターがあざ笑った。

「くっくっくっ。まったく、とんだまぬけがいたもんだぜ。自分が何を運んでるか、気づかないなんてなぁ。」

「……一般細胞《いっぱんさいぼう》さんのところで、空の箱にかくれた……のね……。」

3803番は思いだした。

いつもなら箱の受けわたしをする、配達先の細胞の家が留守《るす》で、部屋がちらかっていたことを。まるで、あわててにげだしたかのように。

「留守です。勝手に肺《はい》へ持ってってください。」ときたない字で書かれたメモが、二酸化《にさんか》炭素《たんそ》の箱の横に置いてあったことを……。

モンスターが空の箱をかぶってかくれ、内側から底をとじたのだろう。

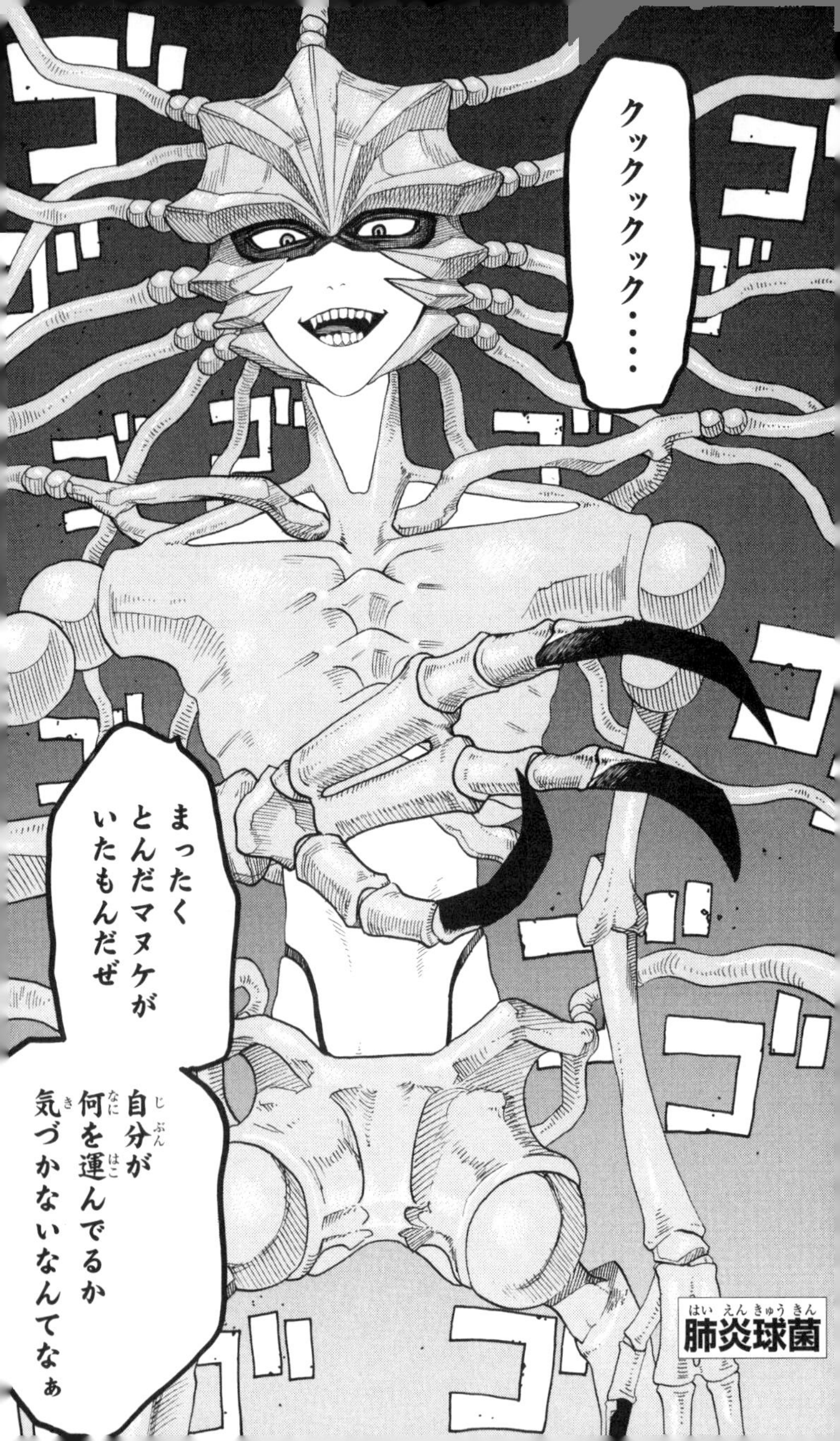

クックックック・・・・
まったく とんだマヌケが いたもんだぜ
自分《じぶん》が 何《なに》を運《はこ》んでるか 気《き》づかないなんてなぁ
肺炎球菌《はいえんきゅうきん》

「あれは、あんたのしわざ……。」

「今ごろ気がついても、おそいぞ、ふはははははっ。」

細菌《さいきん》モンスターは勝ちほこったように笑うと、ぐい、と3803番へ顔をよせた。舌《した》なめずりする。

「さて、まずは腹《はら》ごしらえとするか。」

——『やつは、おまえたち赤血球を毒液《どくえき》でとかし、えさにするんだ。』

1146番の言葉が頭をよぎり、3803番は絶望《ぜつぼう》した。

(だ……だれ……だれか……助け……てっ!!)

「助けをよんだっていいんだぜ、べつに。だれも来ないだろうけどな。ここは、ひとりずつしか入れないようだから、だれも通らない、気づかない。」

(う……ううう……だれか……。)

「いただきま——。」

3803番がぎゅっと目をつぶり、体を硬《かた》くしたしゅんかん。

がこっ。

天井板《てんじょういた》が一枚《まい》外れて落ち、開いた穴《あな》から飛びだした白いブーツのつま先が、細菌《さいきん》モンスターの頭をけりとばした。

「ぐはっ。」

かぎづめが外れる。そのすきに、白いかげがすばやく、3803番の体をだきよせてうばい、背《せ》にかばった。

「白血球さん！」

1146番だった。

「見つけたぞ、肺炎球菌《はいえんきゅうきん》。」

「好中球《こうちゅうきゅう》！」

細菌モンスターが表情《ひょうじょう》をゆがめて、ふり返る。

「だれも通らないと言ったな。勉強不足だ。おれたちは遊走《ゆうそう》といって、かべからかべへとすりぬけられるんだ。」

「くっ……なぜここにいると、わかった！」

たくさんの触手《しょくしゅ》を全部ひきよせ、かぎづめをかまえるモンスターに対し、1146番も戦闘用《せんとうよう》の大型ナイフをホルダーからひきぬき、逆手《さかて》に持って刃《やいば》をつきつける。

「おれがこの赤血球とはなれたとたん、レセプターの反応《はんのう》が消えたんでな。まさかとは思ったが……赤血球の荷物の中にかくれているのでは、と追ってきた。」

「くっそがあっ。」

ののしりの言葉と雄《お》たけびをあげ、細菌《さいきん》モンスターが、まだ片足《かたあし》が入っていた箱を、けりあげて盾《たて》にする。その後ろから、かぎづめがみだれ飛んできた。

1146番がとっさに背後《はいご》のドアを開け、3803番をかかえたまま外へ転がり出た。

3803番をつきはなしながら、もう片手で小型の投げナイフを二本、放つ。

小型ナイフは胴《どう》につきささり、モンスターがひるんだ。そのすきをついて、1146番が大型ナイフで攻《せ》めかかる。

「くそ!」

モンスターの肩口《かたぐち》へ大きくふりおろされたナイフが、二本の触手《しょくしゅ》と触手のあいだに広がったこまかなネットで受け止められ、はじかれた。しかも、じゅう……と、1146番の服からこげたようなけむりがうすく立ち、おかしなにおいがする。

細菌《さいきん》モンスターは、広げたネットを自分の前につきだして、身をかばう体勢《たいせい》になった。宙《ちゅう》に浮《う》いて戦うタイプではないらしく、両足でゆかにふんばって、身がまえている。

「莢膜《きょうまく》か……。」

と、うめくようにつぶやく1146番に、3803番はたずねた。

「なんですか、あれ。」

「莢膜は、肺炎球菌《はいえんきゅうきん》が持っている、毒のある盾《たて》だ。」

「そのけむり、毒をあびたから……服がとけかけて……。」

「このていどなら、だいじょうぶだ。しかし、これ以上は……こんなに強力な毒だと、接《せっ》近戦《きんせん》じゃ手が出せん。」

そう言っているあいだにも、残りの触手《しょくしゅ》がしなり、盾のネットごしに、かぎづめがつぎからつぎへとおそいかかってくる。1146番は3803番をかばいながら、かぎづめをふせぎつつ、にげるのがせいいっぱいだ。

「もうダメだあ……白血球さん、わたしみたいなアホにかまわず、にげてください。」

こうなったのも、気づかなかった自分のせいだ……と、心が折れかけた3803番に、

1146番が冷静にささやいた。

「あれを使う。」

低く、落ちついたその声で、3803番はわれを取りもどした。

「そっちへ走れ！」

「こ、こっち……？」

肩《かた》を押《お》されたほうへ、3803番は全力で走った。1146番が背後《はいご》を守りながら、いっしょに走ってくる。

「にげるのか！　全身を征服《せいふく》する手始めに、まずてめえらを、血祭りにあげてやる！」

触手《しょくしゅ》をぐにゃぐにゃとうごめかせながら、細菌《さいきん》モンスターが追いかけてくる。かぎづめが打ちだされ、1146番のナイフがそれをはじく。かぎづめが当たったかべに、ひびが入る。

「そこを右だ、赤血球。」

「は、はい！」

にげる。かぎづめがおそい、ナイフにはじかれ、かべに当たってひびが入る。そのくり返し。モンスターがいらついた。

「ちょろちょろとにげやがって！」

かべや通路の曲がり角を盾《たて》にしつつ、にげまわって……いつのまにか、毛細血管とはちがう、だだっ広くて明るい通路にたどりついていた。通路のど真ん中で、1146番が3803番をかばいながら、足を止めてモンスターにむきなおった。

「どうした、白血球さんよぉ。降参《こうさん》か？」

1146番が3803番に、かすかな声でささやいた。

「もうすこし、下がれ。」

言われたとおり、じりじりと3803番が数歩下がる。

「オレの仲間はみんな、てめえの仲間にやられちまった。てめえらも、おなじ目にあってもらうぜ。」

ぱっと、細菌《さいきん》モンスターが飛びだし、通路のラインをふんだ――ぴぃぃぃぃぃぃっ！

3803番が悲鳴をあげたのと同時に、するどい警報音《けいほうおん》が通路に鳴りひびいた。

ラインの両《りょう》わきのかべから、弾《たま》を撃《う》ちだすような太い筒《つつ》の装置《そうち》がいっしゅんで飛びだし、そこから透明《とうめい》な半球のカプセルがそれぞれふくらむ。

撃《う》ちだされた半球のカプセルは、細菌《さいきん》モンスターの全身をはさんで、ぴたりとくっつき、つぎめが消えて球体カプセルに変わった。人工音声が一本調子に告げる。

《細菌の捕獲《ほかく》に成功しました。》

3803番は、やっと、かべにある捕獲装置《そうち》のスイッチを押《お》したのが、1146番だと気がついた。肺炎球菌《はいえんきゅうきん》のモンスターは、カプセルに完全にとじこめられていた。

《これより、細菌を排除《はいじょ》します。》

「え、なんですか、これ。」

「お、おい、待て、なんだこのカプセルは！　わ、われない！　とけない！」

3803番とモンスターは、同時にたずねる。

すると、1146番がクールにこたえた。

「むだだ。そのカプセルは、内側からはぜったいにこわれない。そしてここは気管支《きかんし》という場所だ。その意味がわかるか？」

わかったらしく、モンスターが青ざめた。わけがわからない3803番に、1146番が静かに声をかける。

「こっちで、いっしょに見物しよう。」

カプセルは、天井《てんじょう》から出てきた、アームの先に手の形のフックがついた装置《そうち》でつかまれ、運ばれていった。天井からベルトコンベアーのラインが自動でおろされて、そこへカプセルがのせられ、ころころと転がされながらどこかへと送られていく。

1146番は3803番を、のどにある『気管《きかん》』の、展望台《てんぼうだい》へ連れていった。ここでは、鼻や口から『外界』という異世界《いせかい》に出入りするさまざまなものが、見学できる。

酸素《さんそ》がふくまれる空気、細胞《さいぼう》たちのお弁当《べんとう》になる栄養素《えいようそ》がふくまれる食べもの、水分、この『人間の体』という世界を作り、動かしているすべてのものが、入ってくるのが、ここから見える『鼻の穴《あな》』トンネルと、『口』のゲートだ。そして、二酸化炭素《にさんかたんそ》はここから外へ出ていく。

(ここ、初めて来た……。)

展望台の大きなまどからさしこむまぶしい光に、3803番は目をぱちぱちさせた。なれてくると、そこは、3803番が知っている通路や、血管という道とはくらべものにならないほど、広い広いトンネルだとわかった。

トンネルの先では、ゲートが開き、果てしなく白っぽい、何もなさそうな世界が広がっている。上も下もないような……。

(あのゲートのむこうは、細胞《さいぼう》さんたちの街がぎゅうぎゅうにつまって、こみあっているこの世界とはちがう、想像《そうぞう》もつかない異世界《いせかい》。

この世界を作るすべてのものが、どこかでなぜか生まれている別の世界……。)

ドリンクコーナーで、1146番が熱いお茶を、セルフサービスの給茶機から紙コップに注ぐと、ぼんやり考えていた3803番にたずねた。

「赤血球も何か飲むか?」

「え……あ、じゃあ、おなじのを。」

1146番はお茶をもう一杯《ぱい》注ぎ、3803番にわたしてくれる。

「ありがとうございます……。」

まどのすぐ外、上のほうから半透明《はんとうめい》のじゃばらチューブが、ぐいーん、とななめ下むきにのびてきた。チューブの中を、カプセルが転がって落ちてくる。カプセルの内側では、さっきの細菌《さいきん》モンスターがじたばたとあばれている。

トンネルのゆか面が大きく開き、せりあがってきたのは――。

「う、うわっ、なんですか、これっ。」

ロケットミサイルだった。しかも特大の。

さけんだ3803番に、1146番が教えてくれる。

「くしゃみ一号。どてっ腹《ぱら》に、そう書いてあるだろう?」

「た……たしかに。」

巨大《きょだい》ロケットミサイル「くしゃみ一号」の上面ハッチが、ぱかっ、と開き、接続《せつぞく》されたチューブから、カプセルが中に落とされた。人工音声が、無機質《むきしつ》な声で告げる。

《カウントダウンを開始します。じゅう……きゅう……はち……。》

1146番が、たんたんと説明した。

「あの細菌どもの仲間が、すでに大量につみこまれていると聞いている。あいつで積み荷はラストだそうだ。」

「へ……へえ……。」

「似《に》たような装置《そうち》に、『せき』というのもあるし、鼻の穴《あな》トンネルには、大量の放水で押《お》し流《なが》す『鼻水』という装置もある。」

「は……はあ……。」

よくわからず、３８０３番が生返事をしているうちに、カウントダウンが進む。

《さん……に……いち……。》

ロケットミサイルのエンジンが点火され、どどどどどどど、と、轟音《ごうおん》がトンネル内にひびいた。

《発射《はっしゃ》。》

どおおおおおんっ……けむりをあげて発射されたロケットミサイルは、いきおいよくゲートのむこうへ飛びだし、先端《せんたん》が開いて、無数の小型ミサイルに分裂《ぶんれつ》した。

１１４６番が、すっ、と右手をあげて敬礼《けいれい》する。

「ばいばい菌《きん》だ。」

ばいばい菌《きん》だ

はっ、はっ、はっ、はあぁぁぁぁぁぁぁぁぁっくしょおおおおおおおおおおおおおおおおおんっ!!

それぞれに細菌入りカプセルをつめこんでいるという小型ミサイルは、奇妙な爆発音とともにすべて破裂し、ちりとなって消え去ったのだった。

「さて、と。」

爆発のはでさに、あっけにとられていた3803番は、その声でわれに返った。

「え、白血球さん、もう行っちゃうんですか?」

すでに背をむけて歩きだしていた1146番が、ぶっきらぼうにこたえる。

「ああ。仕事があるからな。」

「あの……は……白血球さん!」

「1146番が足を止める。

「ま……また、会えますか?」

「……いや、白血球といっても、いっぱいいるわけだし。」

65　はーっくしょん!

「そ……そういえば、赤血球は、もっといっぱいいるんでした……。」

この、「とある人間の体」という世界にくらす細胞《さいぼう》たちのうち、血液《けつえき》の量は、あわせると体重の7から8パーセントの重さになる。体重が50キログラムだとしたら、約4キログラムだ。

その4キログラムのうち、約1・5キログラムから1・7キログラム分が赤血球で、白血球はたったの50グラムから55グラム分。

しかし、現実《げんじつ》の赤血球の大きさは、1ミリメートルの1000分の7で、白血球のうち好中球の大きさは、1ミリメートルの100分の1から70分の1ほど。

こんなに小さな小さな細胞が集まって、何グラム、何キログラムという重さになるほど、たくさん、たくさん、たくさんいるということなのだ。

がっかりしてうなだれる3803番に、やさしい声が聞こえた。

「おなじ世界ではたらいてるんだ。いつかは会えるさ。」

３８０３番が顔をあげると、ふり返った１１４６番がかすかにほほえんでいた。

「またな、赤血球。」

うなずき、３８０３番が手をあげかけたら、１１４６番のぼうしの丸印アンテナ――レセプターが、ぴんぽーん、ぴんぽーん、と鳴りはじめた。

「細菌《さいきん》だ！　近いぞ。おまえはにげろ。」

走り去ってゆく１１４６番に、３８０３番は大きく手をふった。

## 3 だるくて熱が出て大変—インフルエンザ—

「だっ、だれか、助けてーっ。」

はるか遠くでさけぶ少年の悲鳴を聞きつけ、白血球《はっけっきゅう》の1146番は、声のしたほうへかけだした。ぼうしのレセプターは、さっきから鳴りっぱなしだ。

ここは、のどの奥《おく》付近。

かべからかべへと近道をした1146番は、通路のかべにある秘密《ひみつ》のドアから飛びだした。一般細胞《いっぱんさいぼう》の住む街で、団地《だんち》の建物と建物をむすぶ、奥まった細いトンネルのような通路だ。

そこで、ひとりの少年兵が、数名のゾンビにおそわれている現場《げんば》にぶつかった。

ゾンビたちは、もともとは一般細胞だったらしく、服装《ふくそう》は生きていたときのままだ。しかし、奇妙《きみょう》な色ともようをした、こまかなとげがたくさん生えている、大きめで丸いぼうしみたいなものをかぶっている。

「抗原発見《こうげん》！」

抗原——この「とある人間の体」という世界をこわそうとする、おそるべき敵《てき》だ。1146番は、右太ももにとりつけたホルダーから、戦闘用《せんとうよう》の大型ナイフをぬいた。

かたっぱしから、ゾンビ……かつては生きた細胞《さいぼう》だったが、死んでもなお、何ものかにあやつられて動く連中に、切りかかってゆく。

ゾンビたちは、みずからの腹《はら》の中に手をつっこみ、かぶっているぼうしとおなじ、とげとげのボールをつかみだした。じゃんじゃんつかみだしては、投げつけてくる。これが攻《こう》撃《げき》らしい。

ボールをかわしながら、1146番はゾンビたちに飛びかかり、切りふせていった。

たちまち、ゾンビが全員たおれて動かなくなり、けりがつく。

「おい……だいじょうぶか？」

1146番は、通路のはしで、かべにもたれて腰《こし》をぬかしている少年兵に声をかけた。

「あ……あ、あ、ありがとう、ござい、ますぅぅぅ。」

安心したらしく、少年兵が泣きだした。黒っぽい戦闘服《せんとうふく》を着ていて、かぶっている黒いぼうしには、「NAIVE《ナイーブ》」と書いてある。

「このあたり、あのゾンビがいっぱいいで、街がゾンビの街に……。」

「そんなところで、おまえ、何をしてたんだ。所属《しょぞく》は？」

聞いてはみたものの、この色の戦闘服なら、T細胞《ティーさいぼう》というプロの軍隊に所属する細胞だ、と1146番は考えた。このプロの軍隊に所属する、さまざまな白血球の仲間たちは、リンパ球《きゅう》とよばれている。

「ぼ、ぼくは、ナイーブT《ティー》細胞といって……T細胞戦闘員の下っぱで……て、偵察中《ていさつちゅう》だったんです。このあたりのようすが、変だからって、先輩《せんぱい》に命じられて。」

「なるほど。」

「この街、ゾンビがいっぱいいて……なんなんですか？」

「こいつらは、元はただの一般細胞《いっぱんさいぼう》さ。ただ……ウイルスに感染《かんせん》しちまったらしいな。」

「ウイルス⁉」

「ああ。」

１１４６番は、足もとに転がっているゾンビの頭にくっついた、ぼうしみたいなものを指した。

「これが、ウイルスだ。自分ひとりでは生きられないので、生物だけれど、生物ではない、おかしな連中さ。生きて仲間を増《ふ》やすため、ほかの生物の細胞《さいぼう》の体をうばう。

投げつけてきたこのボールが、その細胞の体の材料を使って、増やしたウイルスだ。うばわれたほうの細胞は、中身が空っぽのゾンビになる。もう、元にはもどれない……生きた死体だな、たとえるなら。」

「じゃあ、そのボールに当たると……。」

「おしまいだ。」

おそろしさのあまり、泣くのもわすれたらしい。真っ青になったナイーブT細胞は、ががたとふるえだした。

「こ、これが、ウイルス……。」

「ああ。ウイルスにも数えきれないほど種類があるが、こいつは、インフルエンザウイルスだ。増《ふ》える前に、戦って全滅《ぜんめつ》させるしかない！」

通路の奥《おく》から、わらわらとゾンビがまたわいてくる。数十はいる。よたよたとした、不気味な歩きかた、うつろな目、だらしなく開いた口……。

身がまえた1146番のわきで、ナイーブT細胞《さいぼう》が悲鳴をあげてうずくまった。

「ひぃぃ、ぼくには無理ですっ、ウイルスなんて強敵《きょうてき》！　せめて、足手まといにならないよう、ここでじっとして、いさせていただきます！」

「お、おい、ちょっと、おまえ！　T細胞の戦闘員《せんとういん》なんだろう!?　ちょっとくらい、手伝ってくれっ。」

「むりいぃぃぃ、こわいぃぃぃぃぃぃぃぃ。」

おれひとりで、この数のゾンビどもを、なんとかしろってのか、と、1146番ががくぜんとなったときだ。

「あらあら。」

ふわっとした、やさしそうなおねえさんの声がした。1146番とナイーブT細胞は、

**インフルエンザウイルス**

感染症《かんせんしょう》であるインフルエンザを引《ひ》き起《お》こすウイルス。A型《がた》、B型《がた》、C型《がた》に大《おお》きく分類《ぶんるい》され、38℃以上《いじょう》の発熱《はつねつ》、頭痛《ずつう》、関節痛《かんせつつう》、筋肉痛《きんにくつう》などの症状《しょうじょう》を引《ひ》き起《お》こす。もともと人《ひと》に感染《かんせん》しなかったものがヒトに感染《かんせん》するくらい変異《へんい》したものは新型《しんがた》インフルエンザと呼《よ》ばれる。

はっとして、ふり返る。

フリルとレースでかざられた、ふわりとした白いエプロンドレスを身にまとった、とてもきれいなおねえさんがいた。白いボンネットをかぶっている。白いぼうしと白い服なら、彼女《かのじょ》も白血球のひとりだ。

はたらく細胞《さいぼう》たちは、身分と仕事を証明《しょうめい》するため、決まったぼうしをかぶっている。ウイルスのボールに当たると、そのボールがぼうしのように頭にとりついてしまう。なので、おかしなぼうしをかぶっているものは、敵《てき》がまぎれこんだすがただと、はたらく細胞たちにはすぐにわかるのだ。

「うふふ、だいじょうぶですか？　ウイルスさん、ずいぶん増《ふ》えちゃってるんですね♡」

「おねえさん、あ、あぶないですよ、にげて――。」

ナイーブT細胞がさけびかけ、彼女が手にしているものに気がついて、絶句《ぜっく》する。

おねえさんが右手に持っていたのは、大きなナタだった。すぱーん、とたいていのものをまっぷたつにしてしまう、強力な刃物《はもの》だ。

刃《は》わたりは三十センチメートルほどで、分厚《ぶあつ》い刃がぎらりと光る。

「マクロファージ！　手伝ってくれ！」

「ええ。お仕事、お仕事♪」

にこにこしているおねえさんに、背後《はいご》からゾンビがおそいかかる。

「あぶな……っ。」

ナイーブT細胞《さいぼう》のさけびと同時に、ばしゅっ、とにぶい音で、ゾンビの胴体《どうたい》がまっぷたつになった。ナタをふるったのは、笑顔《えがお》のままのおねえさん――マクロファージだ。

マクロファージは、白血球の中でもとくに強い戦闘員《せんとういん》なのだ。

「ぼうや、ご心配なく♡」

やさしくほほえまれて、ナイーブT細胞がもじもじし、てれる。

マクロファージは、おそいくるゾンビどもを、あっという間になぎはらって、すべてまっぷたつにしてしまった。１１４６番の出る幕《まく》もなかった。

いったん戦闘が終わると、マクロファージはうれしそうに、たおれたゾンビの体をさぐり、作りかけのボールをつかみだした。

「えーと、これは……。」

マクロファージの仕事は、敵《てき》をたおすだけでなく、敵の正体を調べて、報告《ほうこく》することだ。インフルエンザウイルスにも種類があり、それを確認《かくにん》する。

「B型《ビーがた》のウイルスね。」

エプロンドレスのポケットから携帯型《けいたいがた》通信機をひっぱりだすと、マクロファージがどこかへ連絡《れんらく》した。

「こちら、マクロファージです。体内に、B型のインフルエンザウイルスが侵入《しんにゅう》しているようですわ。場所は、のどの粘膜《ねんまく》の内側付近。対応《たいおう》をお願いいたします。」

『はーい。伝えましたよ、がんばってくださいねー。』

と、のんきそうな青年の声が、通信機のむこうから聞こえてきた。マクロファージが1146番のほうをふりむく。

「樹状細胞《じゅじょうさいぼう》さんを通じて、各器官に連絡しましたので、すぐにキラーT細胞《ティーさいぼう》さんたちが、いらっしゃいますよ。」

「おお、ありがたい。」

樹状細胞《じゅじょうさいぼう》は情報《じょうほう》公開と通信の係だ。敵《てき》が来たら、正体をいち早く察知して、戦う細胞たちに連絡《れんらく》するのが仕事。

そして、キラーT細胞たちは、指令があると出動する、最強の軍隊。

1146番がほっとしていると、とつぜん、ナイーブT細胞が、がばっ、と土下座《どげざ》した。

「あ、あの、白血球さん、マクロファージさん、すみません！」

いきなりのことに、ふたりはぎょっとした。

「こ、この中のゾンビの一体だけ、ぼ、ぼくがやっつけたということに、してもらえませんか？」

「なぜ、そんなことを？」

「そ、そうしないと、ぼく……キラーT先輩《せんぱい》に……。」

ナイーブT細胞が泣きそうな声になったところに、ずかずかと軍靴《ぐんか》の足音がひびいてきた。通路の、ゾンビたちが出てきたのとは反対側の奥《おく》から、がっちりした体で、いかつい顔をした、いかにもけんかが強そうなおにいさんたちが、集団《しゅうだん》でやってきたのだ。

ナイーブT細胞《さいぼう》と、よく似《に》た黒い戦闘服《せんとうふく》を着ているが、身につけている武器《ぶき》の数がちがう。かぶっているぼうしには、「KILL《キル》」――「殺す」という意味の文字。

「おらおら、ここかぁ、ウイルスがいやがるのは。」

「オレたち、キラーT細胞が、皆殺《みなごろ》しにしてやるぜっ。」

先頭のひとりが、こそこそと1146番の背後《はいご》にかくれようとしたナイーブT細胞を見つけた。

「おうっ、こらあ、ナイーブ！」

大声でどなると、仲間たちがよってたかって、責《せ》めたてはじめる。

「まぁた、ほかのやつにやってもらったんか、ああっ⁉」

「いつんなったら、一人前になんだよ、おう⁇」

「それでもおまえは、オレたちとおなじT細胞か⁉」

「すみません、すみません、すみません、すみません……。」

ナイーブT細胞は、キラーT細胞たちにとりかこまれ、頭をかかえて、ゆかにはいつくばってしまった。

彼《かれ》らのやかましさに、1146番は内心ため息をついた。

(なるほど、先輩《せんぱい》たちがうるさいのか。)

「おらあっ、まだむこうにいっぱいいるんだよ、行くぞ!!」

「こんどこそ、一匹《ぴき》くらい、ぶったおしてみせろってんだよ、てめえこらぁっ。」

えり首をつかまれたナイーブT細胞《さいぼう》は半べそで、通路の奥《おく》へとひきずられてゆく。

そこへ、新たなゾンビたちがまた、わらわらわらわらわらわらと、T細胞たちがむかう先から現《あらわ》れた。こんどは数百体はいる。ウイルスのボールが、数えきれないほど投げつけられる。

一方、かべのドアを開け、白血球の戦闘《せんとう》部隊も応援《おうえん》にかけつけてきた。マクロファージたちもやってくる。

通路は血で血を洗《あら》う戦場に変わった。

キラーT細胞の指揮官《しきかん》・メモリーT細胞《ティーさいぼう》が、指示《しじ》を出す。戦闘の経験豊富《けいけんほうふ》な者が、えらばれてなるのだ。

「いいか、油断《ゆだん》するんじゃねえぞ、てめえら! やつらウイルスの増《ふ》えるスピードは、細《さい》菌《きん》とは段違《だんちが》いだからな！　これ以上、一般細胞《いっぱんさいぼう》の犠牲者《ぎせいしゃ》を出させるな!!　ウイルスどもを根絶《ねだ》やしにするんだあっ。」

「おおうっ!!」

雄《お》たけびをあげ、戦闘員《せんとういん》たちが入りみだれて、戦う。

1146番は、かべぎわで、ぎゅうっと目をとじ、うずくまっているナイーブT細胞に気づいた。敵《てき》の攻撃《こうげき》をナイフでふせぎながら、声をかける。

「おい、ナイーブとやら。ほら、おまえも戦え！　顔をあげろ！　体を動かせ！　目ぇっぶったまま、ウイルスボールの流《なが》れ弾《だま》くらって、死にたいかっ。」

「そ……そうだ。ぼくだって、がんばらなきゃ……。ぼくだって、先輩《せんぱい》たちとおなじ、T細胞なんだから！」

ふるえる手でナイフをかまえ、ゾンビと至近距離《しきんきょり》でむかいあったナイーブT細胞だったけれど……。

《きしゃぁーっ。》

一声さけんだゾンビにおびえ、ナイフを落として、すくみあがってしまう。

「ナイーブ!?」

キラーT細胞《さいぼう》の先輩《せんぱい》がふたり、かけつけて背後《はいご》からゾンビをなぐりたおす。

「おいっ、だいじょうぶか、ナイーブ。」

「てめえ、何ぼさっとしてやがんだ！」

先輩ふたりからどやされ、なみだ目になったナイーブT細胞は、背《せ》をむけると、だっ、とその場から走り去った。

「あっ、にげやがった。」

「こらっ、ナイーブ！」

先輩たちが顔を見合わせる。

「ちっ。あんなやつ、ほっとけ。今はウイルス退治《たいじ》だ。」

「お、おう……。」

戦闘《せんとう》からにげだしたナイーブT細胞《さいぼう》は、べそをかきながら、体内の通路をあてもなく走っていた。

疲《つか》れはてて足がもつれ、つまずいて転んでしまう。

「う……う……ぼくは……だめなやつ……。」

「どうしたの？」

のんきで明るい青年の声に、ナイーブT細胞が顔をあげると、そこは、枝葉《えだは》を広げてしげった木の形をした通信塔《つうしんとう》の前だった。

受付窓口《まどぐち》から身を乗りだし、こっちを見ているのは、明るい緑色のスーツに、小枝型のアンテナが生えたぼうしをかぶった細胞だ。

「ボクは、樹状細胞《じゅじょうさいぼう》。情報《じょうほう》公開と通信の係だよ。きみは……さっき、マクロファージたちといっしょに、ウイルスと戦っていたT細胞だよね？　何かあったの？」

ナイーブT細胞のなみだに気がついた樹状細胞は、顔を曇《くも》らせた。

「もしかして、苦戦中なのかい。今、応援《おうえん》部隊をたのむからね。司令官に連絡《れんらく》を。」

「う、うわあぁぁぁんっ。」

やさしい言葉をかけられ、気がゆるんだナイーブT細胞《さいぼう》は号泣《ごうきゅう》した。樹状細胞《じゅじょうさいぼう》があっけにとられる。

「ちっ、ちがう。ぼくは、にげてきたんだ！　あんなこわいやつらと、戦えっこない。ぼくは……ぼくは、白血球さんや、マクロファージさんや、先輩《せんぱい》たちみたいに、強くはないんだ！　ぼくみたいな弱虫なんて、いないほうがいいんだあっ。うわあぁぁぁん。」

泣きふしていると、やがて足音が近よってきた。樹状細胞が通信塔《つうしんとう》から出てきたのだ。ナイーブT細胞のかたわらにかたひざをつき、よりそってくれる。

「……そんなことないよ、ナイーブT細胞くん。元気出しなよ。きみだけじゃないさ、最初から強い細胞なんていないんだ。」

樹状細胞は、通信塔の保管庫《ほかんこ》からかかえてきたらしい一冊《さつ》のアルバムを、ナイーブT細胞にさしだした。

「ほら、これを見てごらん。」

見せられたページに、ナイーブT細胞はおどろいて、なみだもひっこむ。

「こっ、これは……先輩たちの、むかしの写真⁉」

さっきナイーブT細胞《さいぼう》をどなりつけた、ふたりのキラーT細胞先輩《せんぱい》が、ぼろぼろに傷《きず》ついて、べそをかいている写真だ。かぶっているぼうしは「NAIVE《ナイーブ》」。

さすが、情報《じょうほう》をまとめる仕事についているだけはある。たくさんのアルバムが、樹状細《じゅじょうさい》胞《ぼう》の保管庫《ほかんこ》には保存《ほぞん》してあった。

「先輩たちはもともと、ナイーブT細胞だったのか！　泣いてる。ぼくとおなじだ。」

「ああ、そうだよ。先輩たちがきみにきびしく当たるのも、むかしの自分と今のきみを、重ねてるからじゃないのかな。強くなってほしいから。」

「そうだったんだ……。」

「こわがることないよ、ナイーブくん。」

樹状細胞が語りかける。

「白血球さんがパトロールして敵《てき》を見つけ、マクロファージさんが敵の情報を伝えてくれる。そのおかげで、司令官のヘルパーT細胞《ティーさいぼう》さんが指示《しじ》を出せて、キラーT細胞さんたちが敵をやっつけてくれる。ね？　みんなで協力して、プライドを持って、仕事してる仲間がおおぜいいるんだ。」

しゃがみこんでいたナイーブT細胞《さいぼう》の肩《かた》に、樹状細胞《じゅじょうさいぼう》が手を置いた。

「だから、きみがすべきことは……わかるよね？」

「ぼ……ぼくは……ぼくの仕事は……！」

戦おう、戦うことなんだ！　と大きくうなずいたナイーブT細胞の全身から、光があふれだした。顔つきが勇ましく変わってゆく。

「……まあ、こうしてT細胞たちを元気づけ、『活性化《かっせいか》』させるのも、ボクの仕事なんだけどね☆」

光のまぶしさに目を細め、にこっ、と樹状細胞がほほえんだ。


一方、B型インフルエンザウイルスにとりつかれたゾンビたちとの、戦闘現場《せんとうげんば》では……白血球1146番や、キラーT細胞たち、マクロファージたちが、疲《つか》れはてていた。みんな、手傷《てきず》を負って、ぜぇぜぇ、はぁはぁ、と息を切らしている。

「くそ……へらねえ……。」

「こいつら、きりがねえ……。」

インフルエンザウイルスによって、一般細胞の団地はゴーストタウンと化していた。団《だん》地《ち》をかこむレンガのへいを背《せ》にした一角へと、無数のゾンビたちにとりかこまれた彼らは、しだいに追いつめられる。

「う……。」

1146番がこれ以上は後がないことに気づいて、冷《ひ》や汗《あせ》をぬぐったとき。

ばき！

へいに穴《あな》があき、中からこぶしがつきだされた。そのこぶしは、そこにいたゾンビの頭をなぐり飛ばして、五メートルほどふっ飛ばす。

「……え？」

めきめきめきめき。つきだしたこぶしの周囲から、レンガのへいがひきさかれるようにして、われめが広がる。

「みなさん。先ほどは、見苦しいすがたをさらして、失礼いたしました。」

腹《はら》の底にひびくような野太い声がした。

「しかしぼくは、過《か》去《こ》の弱い自分を克服《こくふく》し、活性化《かっせいか》して、帰ってきました。」

ばきばきばき！

くずれたへいから現《あらわ》れたのは、筋骨隆々《きんこつりゅうりゅう》、むっきむっきの体つきをした、たくましすぎる青年だった。黒い戦闘服《せんとうふく》を着ている。

「元ナイーブT細胞《さいぼう》です。」

そう言う青年はたしかに、「NAIVE《ナイーブ》」と書かれた黒いぼうしをかぶっていた。1146番はあっけにとられた。

「えぇーっ、活性化《かっせいか》してる……って、しすぎてるーっ!?」

「エフェクターT細胞《ティーさいぼう》とよんでください。分裂増殖《ぶんれつぞうしょく》もしてきました。」

おなじすがたの元ナイーブT細胞が、わらわらと数十名、くずれたレンガをけちらして出てくると、横にならぶ。

「ふ、ふ、増《ふ》えてるーっ!!」

1146番がおどろいていると、キラーT細胞の先輩《せんぱい》ふたりがガッツポーズをした。

「おおっ、ついにやりやがったな、ナイーブの野郎《やろう》！」

「これで百人力だな、文字どおり。」

元《もと》・ナイーブT細《さい》胞《ぼう》です
エフェクターT細胞《さいぼう》
活性化《かっせいか》したナイーブT細胞《さいぼう》の姿《すがた》。
活《かっ》性《せい》化《か》してる――!!?
分《ぶん》裂《れつ》増《ぞう》殖《しょく》もしてきました
増《ふ》えてる――!!!?

「いや……分裂増殖《ぶんれつぞうしょく》しすぎ……こわいだろ、これ。」

と、あきれている１１４６番にはおかまいなしで、キラーT細胞《さいぼう》たちがもりあがる。

「おれもいますよ！」

かけつけてきたのは、ブルーの戦闘服《せんとうふく》を着て、ブルーのぼうしをかぶり、「B」の腕章《わんしょう》を左うでに巻《ま》いた元気そうな青年だ。

「B細胞《ビーさいぼう》っす！」

B細胞は、T細胞たちとおなじ、リンパ球というプロの軍隊の仲間だ。得意なのは、「抗体《こうたい》」とよばれる武器《ぶき》の開発。攻撃《こうげき》はすべて、武器「抗体」で行う。

弾《たま》を撃《う》ったり、レーザービームを発射《はっしゃ》したり、薬液《やくえき》を噴射《ふんしゃ》したり、と、さまざまな敵《てき》それぞれにあわせ、もっとも対抗できる最強の武器「抗体」を作りだして、戦いの応援《おうえん》にやってくる。

「『抗体』作ってきました！　こいつがあれば、もうだいじょうぶっす！」

ふたたび、はげしい戦闘が始まった。

そのころになると、この「とある人間の体」すべてのあらゆる細胞《さいぼう》たちにも、インフルエンザウイルス出現《しゅつげん》の情報《じょうほう》がもたらされていた。

全員が戦闘時《せんとうじ》の態勢《たいせい》になる。

じつはウイルスは、熱に弱い。

家に入ってこようとするゾンビを見つけたら、熱湯をぶっかけたり、街の広場でゾンビにでくわしたら、たきぎにともした火で追い散らす、「発熱」という戦いかたなら、一般《いっぱん》細胞《さいぼう》にもできる。

なので、「とある人間」は、高い熱を出す。

細胞たちが元気にはたらくエネルギーは、胃や腸で作られる「栄養素《えいようそ》」というお弁当《べんとう》が、届《とど》けられることで生まれる。

このお弁当作りも中止され、作るのに使われるエネルギーまでもが、戦いの武器《ぶき》作りに回される。「とある人間の体」を動かしている筋肉細胞《きんにくさいぼう》も、自分の分のエネルギーを、戦いのエネルギーにゆずる。

なので、「とある人間」は、食事をとる気分ではなくなり、動きまわらないよう体がだるくなって、ねこんでしまう。

この戦いは一週間ほど続き、とうとうインフルエンザウイルスは、この世界から完全にすがたを消したのだった。

キラーT細胞《さいぼう》と元ナイーブT細胞は、がっちりと勝利の握手《あくしゅ》をかわした。

「ナイーブ、これでおまえも一人前だぜ！」

「うすっ、先輩《せんぱい》！」

「うわははははは、オレたちT細胞は、最強だーっ。」

「どんな細菌《さいきん》もウイルスも、敵《てき》じゃねえぜっ。」

T細胞軍団《ぐんだん》は、みんなで大声で歌ったり、おどったり、おおはしゃぎしはじめた。

そのばかさわぎを横目でうかがいながら、B細胞が1146番に、ぼそぼそとぐちをこぼす。

「戦いの後半は、ほとんどおれのおかげじゃないっすか……。おれの作った武器《ぶき》が、いちばん役に立ってたでしょーが。」

そのとき、1146番の丸印アンテナ――レセプターが、ぴんぽーん、と反応《はんのう》した。

「あれ？　なんかまた、新しいのが入ってきたぞ。」

1146番の声で、T細胞《さいぼう》たちも気づいた。ふらふらとおぼつかない足どりで、ひとりのゾンビがこちらへ歩みよってくる。

「あっ、ウイルスだ。」

「インフルエンザウイルスの生き残りみたいだな。」

元ナイーブT細胞が、にやり、とした。

「ふふ……おろかな。すでに何万もの仲間が葬《ほうむ》られたというのに。せめて、苦しまないよう、一撃《いちげき》で消し去ってやりましょう。」

元ナイーブT細胞は、こぶしを固めてゾンビにかけよっていった。

「うおおおおおっ。」

気合もろとも、こぶしをふりおろす――ぼぐぉっ。

にぶい音とともにふっ飛んだのは、元ナイーブT細胞のほうだった。その場にいた全員が凍《こお》りついた。

「……へっ？」

「くっ、くらえぇっ!!」

B細胞《さいぼう》が武器《ぶき》「抗体《こうたい》」から、特製《とくせい》の薬液《やくえき》を噴射《ふんしゃ》した。ばしゃあああっ、とふきつけるが、まったく効果《こうか》はない。いつもならとけて消えるはずのゾンビが、そのまま歩いてくる。

「あ、あああっ、抗体が効《き》かないぞ。」

1146番はおそれおののいた。

「……てことは……まさか……。」

見た目は、さっきまで戦っていたB型インフルエンザウイルスにそっくり。

「A型《エーがた》の……インフルエンザウイルスでは？」

B細胞が青ざめた。

「じゃ、じゃあ、おれ、新しい抗体を作りなおしてくるんで、それまで、T細胞さんたち、よろしくっす。」

「まっ、待て、オレたちもう、体力がない……ぐはあっ。」

A型インフルエンザウイルスにボールを投げつけられ、あっさりとたおれてゆく細胞《さいぼう》たちだった……。

インフルエンザウイルスには、種類がいくつかある。

インフルエンザウイルスと一度戦うと、その種類のウイルス専用《せんよう》の武器《ぶき》「抗体《こうたい》」を、半年くらい、B細胞がとっておいてくれる。

けれど、別の種類や、それ以上時間がたったときには、武器は作りなおしになる。

武器をたくさん作るのには時間がかかる。なので、インフルエンザなどのウイルスの病気にかかりたくなかったら、ウイルスを体の中へ入れないよう、気をつけよう。

ウイルスが入ってくるのは、体にある大きくて広い広いゲート、「口」と「鼻の穴《あな》」。

手をよく洗《あら》って、手についたウイルスを落とすだけでも、食べものにくっついて、口から入ってくるのをふせげる。

……細胞《さいぼう》たちの戦いの日々は続く……。

# 4 鼻水がとまらない——花《か》粉《ふん》症《しょう》(スギ花粉アレルギー)——

ここは、「とある人間」の体の中。

外《がい》敵《てき》侵《しん》入《にゅう》の情報《じょうほう》をまとめ、T細胞《ティーさいぼう》たちやB細胞《ビーさいぼう》など、プロの軍隊リンパ球《きゅう》に指令を出す司令室は、とつじょ緊張《きんちょう》につつまれた。

「目標接近中《せっきんちゅう》です！」

「大きさ三十ナノメートル！」

ナノメートルは、長さをあらわす単位で、百万分の一ミリメートルのことだ。

「皮膚《ひふ》表面に接触《せっしょく》まで、あと十秒！　九秒！　八秒！」

司令室にいるのは、スーツすがたの司令官・ヘルパーT細胞《ティーさいぼう》たち。司令長官は、メガネを押《お》しあげると、歯ぎしりした。

「来たか……今年も……この季節……スギ花粉の襲来《しゅうらい》が！」

スギ花粉は、二月になると風に飛ばされてやってきて、四月ごろまでただよう。

左まぶたの展望台兼休憩所《てんぼうだいけんきゅうけいじょ》にいたマクロファージたちは、うす黄色いでこぼこした球体が、目玉――眼球《がんきゅう》の表面をおおう、なみだでできた湖に、どっぼーん、と落下するのを目《もく》撃《げき》した。

連続して、球体がふりそそぐ。

どぼどぼと、球体がなみだの湖に飛びこむ衝撃《しょうげき》で、展望台のまどガラスがびりびりと鳴った。

湖に落ちた球体はわれ、中から、ぐにゃぐにゃとしたうす黄色いものが出てくる。

それらは、湖のはずれの、湖底にある「涙腺《るいせん》」という排水口《はいすいこう》から、体の中へとすいこまれていくのだった……。

「大変！　あれは、アレルゲンという外敵《がいてき》よ！　大至急《だいしきゅう》、連絡《れんらく》を。」

だれかのさけびで、マクロファージのひとりが、エプロンドレスのポケットから携帯型《けいたいがた》通信機をとりだす。

「こちら、マクロファージです。左の眼球《がんきゅう》から、スギ花粉のアレルゲンが体内に入りました!」

その連絡《れんらく》は、すぐに司令室に届《とど》いた。

司令官・ヘルパーT細胞《さいぼう》が、指示《しじ》を出した。

「いかん、すぐ警報《けいほう》を流すんだ。」

鼻の奥《おく》あたりの血管――動脈という広めの道を、赤血球《せっけっきゅう》AE《エーイー》3803番は、酸素《さんそ》を運んで歩いていた。このあたりの細胞に、届けるためだ。

細胞の住む街への連絡通路に入ったとき、とつぜん、天井《てんじょう》のスピーカーから、アナウンスが聞こえてきた。

『眼球付近のみなさん、お気をつけくださいませ。付近の排水口《はいすいこう》から、外敵《がいてき》が侵入《しんにゅう》しました。くり返します、外敵が侵入しました。』

「外敵《がいてき》？」

「やだな、この近くだ。」

周囲を歩いている赤血球たちが、ざわつく。３８０３番も不安になった。

「早くこの仕事、すませちゃおっと。ええと。」

地図を広げて、あて先の場所をたしかめる。そのとき、足もとにある排水口《はいすいこう》のふたが下からもちあがり、うす黄色い何ものかが顔をのぞかせた。

気配に気づいて、下を見た３８０３番は、ぎょっとなった。

「ス〜ギ〜。」

うす黄色くて、赤血球よりも小さめな、ぐにゃぐにゃした何か——スギ花粉のアレルゲンが、きいきい声で鳴いた。ぼてっとして、ぶよんぶよんの外見、目と口らしい深いくぼみが、顔らしい場所に合わせて三つ、ついている。

「ス〜〜〜ギ〜〜〜〜〜〜〜。」

アレルゲンが鳴きながら、３８０３番を押《お》しつぶしそうないきおいで、巨大化《きょだいか》する。

「ぎゃあああああっ。」

ざわ…
やだな この近《ちか》くだ!
早《はや》くこの仕事《しごと》済《す》ませちゃおっと‥
えー何々《なになに》届《とど》け先《さき》の住所《じゅうしょ》がココで?
ガラン
現在地《げんざいち》が‥えーとアレが目印《めじるし》で
こっちに‥‥
ぎゃあああ
ヘ〜ギ〜

とつぜん、自分の五倍くらいのサイズにふくらんだ、ぶよんぶよんの外敵《がいてき》を目にして、３８０３番は大きな悲鳴をあげ、腰《こし》をぬかしてしまった。周囲の赤血球たちも悲鳴をあげ、われ先ににげてゆく。

「な、何これ、スギーとか言ってる！　だっ、だれかーっ。」

「抗原《こうげん》発見！」

ぴんぽーん、というおなじみの音とともに、白い戦闘服《せんとうふく》の青年が飛びこんできて、ずぱーんっ、と一撃《いちげき》でアレルゲンを切りさいた。どうっと、にぶい音を立て、アレルゲンがゆかにたおれて動かなくなる。

「白血球《はっけっきゅう》さん！」

顔なじみの白血球１１４６番だ。

「おっ、よう、赤血球。また会ったな。」

「は、はい！　ホントにまた会えましたね！　……えーと、それ、いったいなんなんですか？　スギーっとか言ってましたけど。」

「こいつか。さあ……とにかく、食えばわかる。」

「食う？」

1146番はしゃがみこみ、がぷ、とアレルゲンにかぶりついた。3803番がぎょっとしたのにもかまわず、アレルゲンを一口かじりとって、むしゃむしゃと食べる。

「ふむ、この味は……スギ花粉から出てきたアレルゲンだな。今の時期なら、めずらしくもない。図体《ずうたい》はでかいが、病気の原因《げんいん》になったりはしない、無害なやつだ。」

「食べてわかるんですか？」

「ああ。白血球の特技《とくぎ》だ。『食作用《しょくさよう》』といって、敵《てき》を食って、自分の体内で分解《ぶんかい》する。」

まずそう……と3803番は思ったけれど、そんな勇気があり、お腹《なか》もこわさない1146番を、尊敬《そんけい》する。

かじられたアレルゲンは、しおしおとしぼんで、ひからびてしまった。

「無害なんですね、よかった。」

「ま、それでも、外敵ってのは、じゃまものの異物《いぶつ》だ。何かしらのトラブルの原因にはなるからな。おれたちが退治《たいじ》するのが、決まりだ。」

すると、そこに、大声がふってきた。

「そ……そいつは！　まさか、スギ花粉のアレルゲンじゃないか⁉」

３８０３番と１１４６番がふりむくと、黒いシャツにグレーのベスト、むらさきのネクタイをした、まじめそうな青年だった。頭をかかえて、うろたえている。

「なんてこった！　入りこんだのは、そいつだったのか！　これじゃ、まるで、言い伝えと……。」

「……だれ？」

「失礼。おれは記憶細胞《きおくさいぼう》。リンパ球の仲間で、抗原《こうげん》の免疫《めんえき》──ありとあらゆる敵《てき》への、もっとも効果《こうか》がすぐれた武器《ぶき》について、開発と戦闘《せんとう》の歴史をすべて記憶している者だ。」

「B細胞が作った武器のことなどか。」

「全員が戦闘服の軍隊じゃないんですね。」

「それで記憶細胞、何をあわてている？　スギ花粉のアレルゲンは、無害な抗原だろう？」

「だが……おれたち記憶細胞に、代々伝わる言い伝えがあるんだ。」

記憶細胞は、予言の詩を暗唱しはじめた。

「『宇宙《うちゅう》より　災《わざわ》いの流星　飛来せし時　山は怒《いか》り　大地は荒《あら》ぶり　海はうごめく。』

つまり、大噴火《だいふんか》・地殻《ちかく》変動・大洪水《だいこうずい》が一気に起こる、大災害《だいさいがい》にみまわれるんだ、この世界は。」

「大災害……の前ぶれ？」

「あれが、か？」

1146番が、いくらかあきれた顔で、また通路のゆかの排水口《はいすいこう》から現《あらわ》れたスギアレルゲンを示《しめ》した。ぶよんぶよん、と体をゆらして、

「ス〜〜ギ〜〜〜〜〜〜〜〜。」

とか細い声で鳴くだけだ。攻撃《こうげき》はしてこない。

「……今にわかるさ。」

やけに記憶細胞《きおくさいぼう》は深刻《しんこく》そうだ。そのとき、またスピーカーから警報《けいほう》が告げられた。

『緊急事態《きんきゅうじたい》発生！　異常《いじょう》な数のスギアレルゲンが、鼻の穴《あな》ゲートから、体内に侵入《しんにゅう》しています。付近のかたがた、すぐにげてください！　押《お》しつぶされます！』

鼻の穴ゲートがあるトンネルのほうから、悲鳴と、ずしんずしんという地響《じひび》きが聞こえ

てくる。それらはすぐ、3803番と1146番からも、見えてきた。

トンネルに続く通路をうめつくしたアレルゲンが、鳴きながら押《お》しよせてくる。

「な、なんだ、あの大量のスギアレルゲンは⁉」

歴戦の猛者《もさ》1146番もおどろいている。記憶細胞《きおくさいぼう》がパニックになった。

「き……来た……世界の終わりの始まりだあっ。」

そのようすを、司令室の大型モニターで、司令官・ヘルパーT細胞はながめていた。

「なんかこいつら、毎年来る数が増《ふ》えていってない？　いいんだけどさ。こっちは秘密兵《ひみつ》器があるし。」

「秘密兵器というと、B細胞の作るあれですね。」

「そのとおり、さっそく現場《げんば》にむかわせよう。」

鼻の奥《おく》で、1146番は3803番にさけんだ。

「おまえはにげとけ、赤血球！」

「はいぃっ。」

運んでいた荷物を置いて、３８０３番が全力でにげてゆくのを見届《みとど》けてから、１１４６番は身がまえつつ、つぶやいた。

「やつらの侵入《しんにゅう》が、おさまる気配がない。まさか、本当に大災害《だいさいがい》の前ぶれ……？」

「おれにまかせてください！」

かけつけてきたのは、青い戦闘服《せんとうふく》のB細胞《さいぼう》だ。大きな銃《じゅう》タイプの武器《ぶき》「抗体《こうたい》」をかかえ、背中《せなか》には薬のタンクを背負《せお》っている。こんどの武器「抗体」は、薬の噴霧装置《ふんむそうち》になっているようだ。

「こいつがあれば！」

「おお、B細胞だ。」

「『抗体』を持ってきてくれた。」

にげていた赤血球たちから、歓声《かんせい》があがる。

そのようすを横目で見ながら、１１４６番は、そばでしゃがみこんでいた記憶細胞《きおくさいぼう》にたずねた。

「その大災害《だいさいがい》ってのは、事前にふせげないのか？」

記憶細胞《きおくさいぼう》は、まだ、ぶつぶつと予言の詩を暗唱しつづけているだけだった。

『聖《せい》なる霧《きり》が　地上を包む　されど……それが　地獄《じごく》への　とびらを……開くのだ。』」

はりきったB細胞が、１１４６番たちのすぐ前で、スギ花粉のアレルゲンにむきなおった。武器《ぶき》から安全装置《そうち》を外し、かまえる。

「よーしっ、行くぞ！　消えてもらうぜっ、くらえIgE抗体《アイジーイーこうたい》！」

しゅわわあああぁぁぁぁっ！

こまかな薬のつぶが噴霧《ふんむ》されて、アレルゲンの頭上からふりそそぎ、真っ白な霧のように包みこんだ。するとアレルゲンたちが、じゅわーっととけて消えてゆく。

「まとめて消し去ったぞ！」

「すげえぇ。」

にげまどっていた一般細胞《いっぱんさいぼう》たちが、歓声《かんせい》をあげて集まり、B細胞をたたえる。

使いこんでぼろぼろになった「言い伝えメモ」のページをめくりながら、まだうろたえている記憶細胞に、１１４６番は声をかけた。

「おまえがさっき言っていた『聖《せい》なる霧《きり》』って、IgE抗体《こうたい》のことか。そいつのおかげで、解決《かいけつ》しそうだが。」

「……ああ……今はな……。でも、これから、もっとひどいことが起こるんだよ。」

記憶細胞《きおくさいぼう》が、メモ帳の一ページを示《しめ》す。

「見ろ。『霧は暗雲となり　大雨をよんで　すべてを押《お》し流《なが》す。』……と、書いてある。何が起こるかわかんないけど、こわいだろ？　何かすごいことが起こるんだよ。」

「こわいは、こわいが……何が起こるのか、それではわからないな。」

こそこそと話しあう1146番と記憶細胞のはるか後方では、おだてられたB細胞が得意満面で、IgE抗体の霧を出力最大で、どばばばばばっ、とはでなシャワーのようにふりまいていた。

空中で霧のようになったシャワーをあびたスギアレルゲンが、かたっぱしからとけて消えてゆく。

「わー、いいぞ、B細胞！」

「もっとやれーっ。」

そのとき、武器《ぶき》「抗体《こうたい》」の使用量を調査《ちょうさ》・監視《かんし》する監視塔《かんしとう》では、マスト細胞《さいぼう》が首をかしげていた。グレーのブラウスを着たおねえさんだ。

使用量を表示《ひょうじ》するメーターをのぞきこみ、過去《かこ》の記録ファイルとくらべる。

「こんなにたくさん使われるのは、初めてだわ。すごくたくさん、アレルゲンが入ってきたみたいね。」

なんとかしなければ、とマスト細胞は考えた。

「アレルゲンを追いだす化学物質《ぶっしつ》を、わたしも出さないと。」

その物質の名前は、ヒスタミンという。

「このくらいかなぁ。」

マスト細胞は、ヒスタミンの放出ノズルを開くダイヤルを、めいっぱいまで回した。ふだんの目盛《めも》りからすると、数十倍の値《あたい》だ。

勝手にひとりで絶望《ぜつぼう》し、顔をおおってゆかにつっぷしてしまった記憶細胞《きおくさいぼう》に、わけがわからなくなった１１４６番は、ためらいがちにたずねた。

「とにかく、ＩｇＥ抗体《こうたい》の使いすぎが……なんというか、よくないんだな？」

「……おそらく……。」

「わかった。」

１１４６番は、Ｂ細胞《さいぼう》のほうをふり返ると、かけよりながら忠告《ちゅうこく》する。

「おーい、Ｂ細胞、それ、あんまり大量に使わないほうがよさそうだぞ。……よくわからないが。」

「え？　なんで？」

１１４６番は記憶細胞《きおくさいぼう》の話を伝えた。Ｂ細胞があきれる。

「は？　言い伝え？　何それ。ははは、だいじょうぶっすよ。」

Ｂ細胞は笑顔《えがお》で、天井《てんじょう》から出てきたノズルを指さした。

「まあ、どのみち、心配ないっす。マスト細胞が応援《おうえん》してくれるんで。そろそろ、あそこからヒスタミンが出されるっすよ。あれで、アレルゲンの侵入《しんにゅう》をふせぐっす。」

ところが、いったん出てきたいつものノズルが、すぐにひっこんでいった。

「ん？　なぜか、ひっこんでいくぞ？」

「ああ、ノズルを、でかいのに替《か》えるんすよ、きっと。」

B細胞《さいぼう》の言うとおり、でっかいノズルが出てきた。……五十倍くらいのサイズの。

「あ？」

「え？」

「んん？」

見たこともない巨大《きょだい》なヒスタミンの放出ノズルに、1146番、B細胞、記憶細胞《きおくさいぼう》が顔を見合わせたとき……。

どばしゃあああぁぁぁぁぁぁぁぁぁぁっ。

まるでダムがこわれたように、大量に放出されたヒスタミンにより、いっしゅんにして、鉄砲水《てっぽうみず》が通路いっぱいにあふれ、おそってきた。

「どわあぁっ。」

スギアレルゲンだけでなく、1146番やB細胞、記憶細胞や、周囲にいた一般細胞《いっぱんさいぼう》たちが、みんな、なすすべなく押《お》し流《なが》される。

「こ……これが、大災害《だいさいがい》か？」

押《お》し流《なが》されながらも、手をとってつかまえた記憶細胞《きおくさいぼう》に、1146番はたずねた。

「ち……ちがう……こんなの、序《じょ》の口《くち》にすぎない。本当にやばいのは、これからだ！」

ヒスタミンの激流《げきりゅう》が、かべについている白血球専用《せんよう》の「遊走《ゆうそう》」ドアを、つぎからつぎへとぶちやぶってゆく。アレルゲンをさがして移動《いどう》していた白血球たちがどんどん、この大《だい》洪水《こうずい》の中へと落ちてきた。

白血球たちがさけんでいるのが、洪水にはまっている1146番にも聞こえた。

「やばい！　ヒスタミンの洪水だ！」

「止めるよう、マスト細胞に連絡《れんらく》しろ！」

「ダメだ、スギアレルゲンの侵入《しんにゅう》をふせぐため、止めるわけにいかないって言ってる。」

「このままでは、出しすぎでノズルがこわれるぞ！」

案の定、そのさけびの直後、かつてない大量の放出のいきおいにたえられず、どかんっ、とノズルが爆発《ばくはつ》した。びーっ、びーっ、びーっ、と緊急警報《きんきゅうけいほう》が通路全体に鳴りひびく。

「まずい、緊急用免疫《きんきゅうようめんえき》システム――アレルギー反応《はんのう》が発動してしまう！」

1146番は青ざめた。


**アレルギー反応とは、はだが赤くなったり、かゆくてたまらなかったり、腫《は》れたり、気分が悪くなったり、もっとひどいときは、気管支《きかんし》という空気の通路がせまくなって、呼吸《こきゅう》が苦しくなったりすることをいう。最悪、体が活動を停止する――死んでしまうこともあるのだ。**


スギアレルゲンへのアレルギー反応は、鼻と目のあたりで起こった。なんでもいいから、とにもかくにも、アレルゲンを追いだせという、自動で起きてしまう大騒動《おおそうどう》だ。

こうなったら、はたらく細胞《さいぼう》たちにも止めることができない。

くしゃみのロケットミサイルが、ありったけ全部、かたっぱしから発射《はっしゃ》されてゆく。

はっくしょん！　はっくしょん！　はっくしょん！　はっくしょん！　はっくしょん！

流されないよう、がれきにつかまった1146番と記憶細胞《きおくさいぼう》は、なすすべなく、爆発《ばくはつ》してゆくミサイルをながめていた。

「これが……大災害《だいさいがい》の……大噴火《だいふんか》。」

爆発の爆風《ばくふう》や、発射《はっしゃ》の反動で、衝撃《しょうげき》を受けた鼻の穴《あな》トンネルのかべがひびわれ、がらがらとくずれた。

「そしてこれが、地殻《ちかく》変動。」

なみだの湖もあふれて洪水《こうずい》になり、涙腺《るいせん》という排水口《はいすいこう》から、こわれた鼻の穴トンネルへと、激流《げきりゅう》が押《お》しよせてくる。

「大洪水……これが言い伝えにあった、スギ花粉アレルギー。」

ヒスタミンとなみだと鼻水の大洪水で、ひどい目にあった一般細胞《いっぱんさいぼう》たちが、かんかんになって怒《おこ》りはじめた。

「どうしてこんなことにーっ。」

「あいつだ！　あいつが原因《げんいん》だ！」

よってたかって、Ｂ細胞《さいぼう》をとりかこみ、責《せ》めたてる。

「どうしてくれるんだ、Ｂ細胞！」

「そもそもおまえが、抗体《こうたい》をやたらと使うから。」

「ええっ⁉　おれのせいじゃないよ！　悪いのはヒスタミンだろ？」

「そうか、マスト細胞のせいかーっ。」

一般細胞《いっぱんさいぼう》たちが、監視塔《かんしとう》のマスト細胞のところへ押《お》しかけてゆく。


マスト細胞は、とつぜん押しかけてきた一般細胞たちに、悲鳴をあげた。

「きゃあーっ、何よ、あんたたち！」

抵抗《ていこう》もむなしく、とりおさえられて、めちゃくちゃになった鼻の穴《あな》トンネルまでひきずりおろされる。

「マスト細胞、これを見ろ！」

「あたしのせいじゃないわよっ。あたし、自分の仕事をしただけだもん！　放してよっ。」

「いや！　ぜったい、ヒスタミンの出しすぎが原因《げんいん》だっ。」

「おまえのせいだ！」


大げんかしているマスト細胞《さいぼう》と一般細胞《いっぱんさいぼう》たちを遠巻《とおま》きにながめながら、１１４６番は、がくぜんとしている記憶細胞《きおくさいぼう》に語りかけた。

「それぞれが自分の仕事をまっとうしただけなのに、こんなことになってしまうとは……。こうなることがわかっていれば……いや、わかっていても、やるしかなかった。どんな事情《じじょう》があろうとも、職務放棄《しょくむほうき》はゆるされない。それが、おれたち、はたらく細胞の宿命……。」

そのとき、背後《はいご》からのよびかけが届《とど》いた。

「白血球さーん。」

にげたはずの赤血球ＡＥ３８０３番だ。１１４６番と記憶細胞がふりむくと、３８０３番は、背丈《せたけ》ほども直径がある、大きな黒い球体を転がしてくる。

鼻の穴《あな》トンネルはゆるい坂なので、上から来た３８０３番と球体に、いきおいがついて止まらない。

「白血球さーん、どいてーっ。」

しかし、おそかった。

どーん！　１１４６番と記憶細胞《きおくさいぼう》は、転がってきた球体にはねとばされてしまった。よろめきながら、ふたりは立ちあがる。

「……よう……赤血球……ぶじだったか……。」

「なんですか……それ。」

「わたしもよくわかんないんですけど、届《とど》け先《さき》がここになっていて、ほら、あて先シールがはってあるでしょ。栄養を吸収《きゅうしゅう》する腸のほうから送られてきたんですよ。薬用ってシールもはってあるし、薬が入ってるんじゃないですか？」

赤血球たちが作る流れによって、運ばれてきたようだ。しかし、１１４６番は見たことがないものだった。

「なんだ、これは。」

と、１１４６番が記憶細胞をうかがうと、記憶細胞も首をひねっている。３８０３番がふしぎそうな顔をした。

「記憶細胞《きおくさいぼう》さんも、見たことないんですか？」

「うーん、ないなあ。」

すると、球体の内部から、人工音声が聞こえてきた。

《ぴぴぴ。目標地点・到着《とうちゃく》。》

しゅうぅぅぅ、という排気音《はいきおん》を立てて、球体がまっぷたつにわれ、左右に開いた。

「ん？」

1146番たちが見守っていると、中から、攻撃用《こうげきよう》の砲塔《ほうとう》を頭部にのせた、自走タイプのロボットが出てきた。

「ロボット⁇」

《目標・細胞・確認《かくにん》。排除《はいじょ》・します。》

きゅいいいいいいいいいいん。

耳障《みみざわ》りなかん高い音を立て、砲塔の内側に、光りかがやくエネルギー体が集まってゆく。レーザービームが発射《はっしゃ》される前ぶれだ。

「……うん⁇」

ぴきゅ！

軽い音とともに発射《はっしゃ》されたライトグリーンのレーザービームが、ちゅどーん！　とかべをぶちこわした。あわててにげだした一般細胞《いっぱんさいぼう》たちに、砲塔《ほうとう》がむけられ、ビームが発射される。

《排除《はいじょ》・します。》

ちゅどーん！　ちゅどーん！

爆風《ばくふう》で細胞たちが、悲鳴をあげながらふっ飛ばされる。

「ぐっはあああ！」

「ぎゃあっ。」

「ひえええええっ。」

１１４６番は、３８０３番と記憶細胞《きおくさいぼう》を全身でかばい、ゆかにふせる。

「なっ、なんだあいつ！　なぜ、おれたちをおそうんだ。」

うめくように１１４６番が言葉をもらすと、記憶細胞がさけんだ。

あ゛!?
ピキュ

ぐっはああ——ッ!!!
な!?
なんだアイツ!?
なんで俺《おれ》たちを
襲《おそ》うんだ

「お……思いだした！　聞いたことがあるんだ。世界に異変《いへん》が起こったときに、どこからともなく現《あらわ》れるロボット兵。このタイプは……騒動《そうどう》にかかわった連中を、敵《てき》味方関係なくすべて、一掃《いっそう》するやつだ。その名は……ステロイド！」

ステロイドは、おしっこを作る腎臓《じんぞう》のとなりにある、副腎《ふくじん》という場所で作られる。ホルモンとよばれている物質《ぶっしつ》だ。アレルギー反応《はんのう》を強力におさえこむ。ごくわずかしか作られないが、その強さは最上級。強すぎて、体をいためてしまうことがある。

アレルギー反応をおさえこむ薬として、お医者さんが使うこともある。このロボットは体内で作られたのではなく、お医者さんが処方《しょほう》した薬だったようだ。

とにかくステロイドは強い。

だれも、ステロイドにはさからえず、止めることもできない。細胞《さいぼう》たちはにげまどうしかなかった……。

ステロイドがバッテリー切れで停止し、この騒動《そうどう》でとっくにアレルゲンも消え去って、ようやくアレルギー反応《はんのう》がしずまったのだった。

1146番や3803番、記憶細胞《きおくさいぼう》は、がれきの山となり、荒《あ》れ果《は》てた細胞たちの街の真ん中にたたずんでいた。もう、細胞たちはずたぼろで、けんかするどころではなく、自然と支《ささ》えあい、助けあう。

「B細胞やマスト細胞と、一般細胞《いっぱんさいぼう》たちもわかりあえたようだし、よかったな。」

1146番が言うと、記憶細胞もうなずく。

「……おれ……きょうのこと、しっかり記憶しておくよ。」

「たのんだぞ。」

街の復旧《ふっきゅう》工事が、すぐに始まるだろう。

## 5 注射《ちゅうしゃ》は痛《いた》い。でも役に立つ――おたふくかぜ――

「とある人間」の体の中にある、記憶細胞《きおくさいぼう》の資料《しりょう》倉庫兼執務室《けんしつむしつ》……兼B《ビー》細胞《さいぼう》の武器《ぶき》製作工《せいさくこう》房《ぼう》。記憶細胞とB細胞は、ひとつのガレージで、協力しながらはたらいているのだ。

「はおぉわあぁぁっ!?」

すっとんきょうなさけび声とともに、机《つくえ》につっぷしていねむりをしていた記憶細胞が飛びおきた。

ゆかにしいたシートの上に部品や工具をならべ、武器「抗体《こうたい》」の手入れをしていたB細胞は、ぎくっとしてふり返った。

「どうしたンすか？　記憶細胞さん、急に飛びあがって。」

記憶細胞は、うつろな目で宙《ちゅう》の一点に視線《しせん》をむけ、ぶつぶつと詩の断片《だんぺん》のような言葉を唱えはじめる。……よくある光景だ。

『流星群《りゅうせいぐん》……人々の争い……外界からの使者……!?』

「は？　記憶細胞《きおくさいぼう》さん？」

記憶細胞が、ぼうぜんとなってつぶやく。

「なんなんだ……おれが今見た映像《えいぞう》は……。戦いとは無縁《むえん》で、武器《ぶき》も持たないおれが、なぜ、あんな血みどろの夢《ゆめ》を⁇　ありえない。」

「……はあ……。」

「なにやら、ただことじゃないふんいきだった。世界の終わりのワンシーン……もしそうだとしたら、あの映像は未来のもの？　つまり……。」

「つまり？」

「おれは……抗原《こうげん》との過去《かこ》の戦いを記憶しているだけでなく、とうとう、予知能力《のうりょく》まで身につけてしまったのか！」

真剣《しんけん》な顔で突拍子《とっぴょうし》もないことを言いだす記憶細胞に、Ｂ細胞はずっこけた。それにかまわず、記憶細胞は深刻《しんこく》な表情《ひょうじょう》で告げる。

「……だとしたら、あのウイルスが現《あらわ》れたとき、この世界が終わる……。」

「記憶細胞《きおくさいぼう》さんってば！」

あきれたB細胞は、そっと後ろから近づくと、武器《ぶき》から外した銃口《じゅうこう》部分を記憶細胞の背《せ》中《なか》に押《お》しつけた。

「ひゅっ。」と、記憶細胞が息をのんで、手をあげる。それから、こわごわとふりむき、パーツだけの武器に、なんだ、という顔になった。

B細胞は文句《もんく》を言った。

「わけわかんないこと言ってないで、抗原《こうげん》の記録書くのを続けてくださいよ、もう。いねむりなんかして、しかもねぼけて。

おれが抗原――敵《てき》との戦いで活躍《かつやく》できるかどうかは、記憶細胞さんの知識量《ちしきりょう》にかかってるンっすから。」

「あ、ああ。」

記憶細胞がわれを取りもどしたようにうなずいたとき、アナウンスが流れた。

『ただ今、耳の下、顔の横あたりにて、新たなウイルスの感染《かんせん》を確認《かくにん》しました。付近の免《めん》疫細胞《えきさいぼう》──戦闘《せんとう》部隊は、ただちに現場《げんば》へ急行してください。』

「敵《てき》が来た！」

と、B細胞は記憶細胞《きおくさいぼう》の背《せ》を押《お》した。

「ほら、記憶細胞さん、行くっすよ。知ってる抗原《こうげん》かどうか確認《かくにん》しないと。知ってるやつなら、とっとと『抗体《こうたい》』でたおさないと。仕事、仕事！」


B細胞と記憶細胞は連れだって、右耳の下あたりにやってきた。耳下腺《じかせん》という、レンガでできた古い工場のように見える場所だ。

ここでは、外の異世界《いせかい》から口に食べものが入ってきたときに流しこむ、「よだれ」や「つば」とよばれる液体《えきたい》を作っている。

その「よだれ工場」ではたらいている細胞たちが、わーっと、外へにげだしてきていた。

「ウイルスはどこっすか？」

B細胞がたずねると、細胞たちがこたえた。

「ほら、あれ、あの物かげにいるやつだよ。」

「何ウイルスか知らんが、とにかく気味が悪い。」

「なんだろうな、あれ。」

「変なお面。」

B細胞《さいぼう》と記憶細胞《きおくさいぼう》は顔を見合わせた。

「変な、お面?」

「ウイルスのゾンビは、変なぼうしみたいなの、かぶってるんじゃや?」

そこへ、十数メートルはなれた工場の中から、くすくす、くすくす、と笑うような、ささやくような、ぞわぞわとする鳴き声がもれてきた。

「フク……。」

「フクフク。」

「フクフク。」

ぴょこ、ととびらから顔をのぞかせたのは、笑っているような泣いているような、なんとも変な顔つきをした、たれ目のお面をくっつけたゾンビだった。お面の両方のほっぺたが、赤くふくらんでいる。

「フクフク。」

「なんだありゃ。変わったウイルスだな。記憶細胞《きおくさいぼう》さん、記憶にあるっすか？」

B細胞がとなりに立つ記憶細胞に声をかけると……記憶細胞は真っ青になって、凍《こお》りついている。

「ちょ、記憶細胞さん？」

記憶細胞は両手で顔をおおい、がたがたとふるえだした。

「……お……お、落ちつけ、おれ……まだ何も、世界が終わると、決まったわけじゃないんだ……あれが、さっきの映像《えいぞう》とおなじウイルスだからって……。」

「マジっすか⁉」

「予知能力《のうりょく》を使って、対策《たいさく》を見つけるんだ……来い……来い……予知よ、来い！」

とつぜん頭をかきむしりはじめた記憶細胞に、B細胞がとまどっていると……。

「フクフク。」

「フクフク。」

「フクフク。」

「フクフク。」

「フクフク。」

工場のとびらから、お面のゾンビが、わらわら、わらわら、わらわらとわいてきた。その数、百匹《ぴき》よりも多い。ひょこ、ひょこ、ひょこ、と楽しそうな足どりで近よってくる。

「うおっ、ちょっと待て、これ、やばいっすよ。」

B細胞《さいぼう》はあせった。

遠巻《とおま》きに工場を見守っていた細胞たちが、悲鳴をあげて、いっせいににげてゆく。ゾンビにつかまったら、自分もゾンビにされて、すべてがおしまいになってしまうのだ。

「マジやばい、あれがなんだかわからないと、武器《ぶき》ができない！　記憶細胞《きおくさいぼう》さん、しっかりして！」

けれど記憶細胞は、ぶつぶつと何ごとかをつぶやきながら、顔を手でおおってうずくまっているだけだ。そこへ、ターゲットをみとめたゾンビが数匹《すうひき》、ぴょこーんっ、とジャンプしておそいかかってきた。

「ひっ……!!」

B細胞《さいぼう》が声にならない悲鳴をあげ、記憶細胞《きおくさいぼう》におおいかぶさった、そのとき！

ぴんぽーん！

聞きなれた警告音《けいこくおん》とともに、白いかげが飛びこんできた。

「抗原《こうげん》発見！」

すばやく、お面ゾンビののどもとを切りさき、ゆかにけりたおす。

白血球《はっけっきゅう》１１４６番だ。

「あ、どうも、好中球《こうちゅうきゅう》さん。」

「ああ、ひさしぶりだな、B細胞に記憶細胞。」

「そんなに、ひさしぶりでもないっすけどね。」

助けられたというのに、気がつきもしないのか、記憶細胞はまだ、顔をおおってぶつぶつ言っていた。

「来い……来い……予知……来い……どうした……おれの第三の目よ……開けぇっ。」

「どうかしたのか、記憶細胞。」

と、１１４６番が意識《いしき》をむけたすきに、お面ゾンビが一匹《ぴき》、もうれつな体当たりをかましてきた。１１４６番はたちまち、かべに押《お》しつけられ、身動きできなくなってしまう。

「な……んだ……こいつ。ものすごい力だ……。」

「フクフク。」

「フクフク。」

「フクフク。」

「……え……!?」

「フクフク。」「フクフク。」「フクフク。」「フクフク。」「フクフク。」「フクフク。」「フクフク。」

工場の中から、つぎつぎにお面ゾンビがわいてきて、１１４６番をとりかこむ。工場だけでなく、とりかこむへいや、高い天井《てんじょう》をこわして、お面ゾンビがわきでてきた。

「なっ、ちょ……うそ……えええっ??」

お面ゾンビたちはいっせいに１１４６番にのしかかり、とうとう歴戦の勇士１１４６番が悲鳴をあげた。

フク〜〜〜〜
フクフク〜
ぬ
ぬ
ぬ
ぬ
ぬ
ぬ
ぬ
おっ……おい
おいおいっ……!!
細胞
細
細

「わあーっ。」

かけつけてきた白血球の戦闘《せんとう》部隊が、お面ゾンビたちと大乱闘《だいらんとう》になるけれど、おなじように、ひとりひとり、数で圧倒《あっとう》され、押《お》しつぶされてゆく。

「こっ、こいつら、すごいいきおいで、増《ふ》えていくぞ。」

見つからないよう、記憶細胞《きおくさいぼう》をひきずって、こわれたかべのがれきの後ろにかくれたB細胞は、おそろしくてふるえた。

「こんなに増えるウイルス、見たことがない。いったい、なんていうウイルスなんだ。」

記憶細胞に思わず聞く。けれど記憶細胞は、戦闘というより、一方的なウイルスの進撃《しんげき》によって、工場周辺の街が破壊《はかい》されていくのをぼうぜんと見つめ、こんなふうなことをぶつぶつ言っているだけだ。

「なんてこった、予知で見た人々の争いが始まってしまった……予知で見たのと、ちょ～っとちがうよーな気もするけど……。でも、おれの予知能力《のうりょく》はいよいよ本物ってことか！　となると……この世界の運命は……。まずい……いよいよ、まずい……来い……対《たい》策《さく》の予知……来い来い来い……。」

「だめだこりゃ。とにかく、おれたちもにげよう。」

B細胞《さいぼう》は記憶細胞《きおくさいぼう》をまたひきずって、街までにげた。一般細胞《いっぱんさいぼう》たちが大混乱《だいこんらん》になり、にげようとしているところに追いつく。

「あっ、B細胞、来てるじゃん！」

「『抗体《こうたい》』作って、助けてくれよ。」

「やばいよ、このウイルス。」

「『抗体』があれば、やっつけられるんだろ？」

こんどはお面ゾンビではなく、一般細胞たちにとりかこまれ、つめよられてしまう。

「ちょ、ちょっと待ってよ。『抗体』は、抗原《こうげん》のデータがなきゃ作れないんだ。まず、あのウイルスの分析《ぶんせき》データをもらわないと。」

「じゃあ、『抗体』なしでいいから、あいつらをやっつけてくれよ。」

「B細胞だって、白血球の仲間だろ？」

「そうだけど……おれは、あの戦闘用《せんとうよう》のナイフ『酵素《こうそ》』を持ってないし、使えないんだ。おれは『抗体《こうたい》』で攻撃《こうげき》するのが専門《せんもん》なんで。」

Ｂ細胞《さいぼう》の説明に、一般細胞《いっぱんさいぼう》たちはがっかりし、怒《おこ》りだした。

「なんだよ、役立たず！」

「早くなんとかしろ。」

「なんとかって……言われても……。」

こまりはてて、Ｂ細胞は記憶細胞《きおくさいぼう》をにらんだ。

「……記憶細胞さん……そろそろわかりましたか？」

記憶細胞はじっと目をとじ、くちびるをぎゅっとかみしめて、集中している。……と、いきなり、かべに頭をがんがんぶつけはじめた。

「くっ！　全然わからん！　がんばれ、おれのミラクル予知パワー!!」

「わっ、何やってンすか、記憶細胞さん！」

そのころ、１１４６番は、自分にのしかかったお面ゾンビを、どうにかはらいのけ、戦《せん》闘《とう》を続けていた。ほかの白血球たちも同様だ。

応援《おうえん》に来たマクロファージが、エプロンドレスのすそをなびかせ、お面ゾンビを十匹《ぴき》単位でまとめて、すっぱーん、と華麗《かれい》にナタでなぎはらってゆく。

「こんなものかしらね、ふふっ♡」

「助かった、マクロファージ。」

「わたし、ヘルパーT細胞《ティーさいぼう》司令官に、抗原提示《こうげんていじ》——敵《てき》の情報《じょうほう》を届《とど》けてきますね。すぐにもどりますので、好中球のみなさん、お気をつけて。」

「了解《りょうかい》。よろしくたのむ。」

しかし、1146番は不安だった。はあ、はあ、と肩《かた》で息をしながら、考える。

(抗原提示をすれば、キラーT細胞《ティーさいぼう》たち援軍《えんぐん》が来る。しかし、それまで持ちこたえられるか……この数の差……たおしてもたおしても、きりがない。)

そして、ふと、あたりを見回した。

「あれ？　記憶細胞《きおくさいぼう》とB細胞は、どこへ行った？」

一般細胞《いっぱんさいぼう》たちに「役立たず」となじられたB細胞は、腹《はら》を立て、記憶細胞をむりやりひっぱって、元いた資料《しりょう》倉庫へもどっていた。本だなから、手がかりになりそうな過去《かこ》のデータファイルを、手当たりしだいに出し、ゆかに広げる。

「ほらっ、記憶細胞《きおくさいぼう》さんも、さがしてくださいってば！」

どなりつけても、記憶細胞はあいかわらず、予知能力《のうりょく》とやらを求めて、頭をかきむしっているだけだ。

「ねえ！　似《に》てるウイルスとかでいいっすから、とりあえず、武器《ぶき》を作る手がかりになりそうなもの！　何かないンすか？　おれたちだって、仕事しなきゃ！」

「話しかけるな、B細胞。おれには今、未来が……未来がもうすぐ見えそうなんだ……。」

さすがにB細胞も、がまんできなくなった。

「未来がどーのこーのって、この非常時《ひじょうじ》に!!」

かっとなって、記憶細胞のむなぐらをつかむ。

「あんたは記憶細胞でしょうがっ！　未来よりも、過去《かこ》を思いだしてくださいよっ！」

B細胞は、がつんっ、と手にしていたファイルで記憶細胞の脳天《のうてん》をなぐってしまった。

ふらふらっと、よろめいた記憶細胞を、あわててB細胞が支《ささ》えると……彼《かれ》は、とつぜん、すっきりした顔になり、ぺらぺらと過去の記憶を語りだした。

「そう……それは、あまりにもとつぜんだった。この世界ができて、まださほど時間がたっていなかった、遠い過去《かこ》のことだ。

だれの手も届《とど》かぬような、はるかかなたの空から、巨大《きょだい》な筒状《つつじょう》のものが現《あらわ》れたのだ。銀色に光る筒からは、異世界《いせかい》の者が封印《ふういん》されし球があふれ、この地に放たれた。

球の中から……変なお面のゾンビが出てきたのだが……なぜか、すでに死にかけていた。そいつらはとても弱く、たちまち好中球たちによって、退治《たいじ》された。

弱すぎて、害がなかったとはいえ、規定《きてい》どおり、抗原《こうげん》のサンプルデータの保管《ほかん》をたのまれて……おれは、それを記録した。」

はっとなり、記憶細胞《きおくさいぼう》がさけぶ。

「あ……あの映像《えいぞう》はっ。未来予知ではなく……遠い過去に、おれが見た光景の記憶だったのかーっ。」

B細胞をつきとばし、記憶細胞は猛《もう》ダッシュで、ファイルをとりに走っていった。

お面ゾンビと白血球、マクロファージたちとの戦いは熾烈《しれつ》を極《きわ》めていた。戦況《せんきょう》はお面ゾンビたちがだんぜん有利で、変わりはない。

疲《つか》れはてた白血球たちを、よだれ工場の奥《おく》まで追いつめ、お面ゾンビが何重にもかこいこんで、押《お》しつぶそうとする。

「来るぞ！　一気におおいかぶさってくる気だ！」

1146番は仲間とともに、ナイフをかまえ、気合を入れた……そのときだった。

ごぼごぼごぼごぼ。

よだれのプールが大きくあわだつと、底が開いた。よだれがざばーっと流れ落ちる。

「な……なんだ？」

予想外の事態《じたい》に、プールのふちにいた1146番はあせって消えた底をのぞいた。

すると、真っ暗な穴《あな》の奥から、ごぅぅぅん、という機械音とともに、ふたりの細胞《さいぼう》が台に乗ってせりあがってきた。

「やあ、みなさん。」

記憶細胞《きおくさいぼう》とB細胞だ。

「おまたせ！」

かっこうつけて、ふたりがよりかかっているのは、砲台《ほうだい》固定型のレーザー砲《ほう》という真新しい武器《ぶき》だった。

「『抗体《こうたい》』完成っす。」

B細胞《さいぼう》がにやりとして、『抗体』のスイッチを入れる。人工音声が告げた。

《ターゲット認識中《にんしきちゅう》。……認識しました。抗原《こうげん》ロックオン。エネルギーチャージ完了《かんりょう》。》

きゅぴぴぴぴぴ……ぎゅいぃぃぃぃぃぃぃぃぃぃぃぃぃん！

高い音とともに、レーザーの発射口《はっしゃこう》に光が集まり、輝《かがや》きを増《ま》してゆく。B細胞が、トリガーにゆっくりと指をかけた。

「くらうがいい、ウイルスめ。これが、『獲得免疫《かくとくめんえき》』ビームの力だ！」

ちゅっどおぉぉぉぉぉぉぉぉぉん‼

放たれたビームは宙《ちゅう》で拡散《かくさん》し、お面ゾンビだけを追尾《ついび》して、確実《かくじつ》に一匹《ぴき》一匹しとめ、消し去ってゆく。

なぜかビームのあとから、「B細胞をよろしく」というけむり文字が撃《う》ちだされ、はでな花火まで打ち上がったけれど。

お待《ま》たせ！

いっしゅんで、お面ゾンビをあとかたもなく消滅《しょうめつ》させたB細胞《さいぼう》は、その場にいた全員から拍手喝采《はくしゅかっさい》を受けた。

「すげえ、いっしゅんだぜ。」

「指令待ちしてるリンパ球《きゅう》の軍よりも速かったな。」

「いよっ、B細胞！」

「さすが、『抗体《こうたい》』！」

「かっこいいーっ。」

鼻高々、得意満面で、手をふって歓声《かんせい》にこたえるB細胞のとなりで、記憶細胞《きおくさいぼう》がぼそぼそつぶやいているのを、1146番は聞きのがさなかった。

「『抗体』を作れたのは……おれの記憶のおかげだけどな……。」

(それもそうだな。あのコンビは、ふたりでひとりというか、ひとつの武器《ぶき》を作りだす。)

B細胞にも、記憶細胞の言葉は聞こえていたようだ。

「何言ってんですか、もう。もとはと言えば、記憶細胞さんが。」

ほめられると思ったらしく、記憶細胞がてれた。

「あ……まあ……それは――。」

「本来、ちゃんと抗原《こうげん》として記憶《きおく》されていたウイルスを、未来予知がどうとか言って、かんぺきにわすれてたのが、悪いんじゃないっすかー。」

「どういう話だ？」

台の下から1146番が声をかけると、B細胞《さいぼう》は背中《せなか》にかくしていたファイルを出して、広げた。

「それがですね、超《ちょう》ドジなんですよ、記憶細胞さんって。ほら、このページ見てください。」

1146番はプールのふちをけり、台の上へとジャンプした。記憶細胞があせっているとなりへわりこみ、B細胞が広げる資料《しりょう》をのぞく。

そこにはお面ゾンビの写真とデータが、しっかりとはりつけてあった。

『ムンプスウイルス　流行性耳下腺炎《りゅうこうせいじかせんえん》、通称《つうしょう》おたふくかぜの原因《げんいん》となるウイルス。耳下腺にすみつくのが特徴《とくちょう》。細胞にとりついても十八日前後のあいだ、正体を現《あらわ》さず、ゾンビには見えない。そうやってかくれているあいだに、ものすごく数を増《ふ》やす。』

「それで、数が多かったのか。インフルエンザウイルスよりも、かくれている時間が長いから、仲間をこっそり増やせる、と。」

「こんなにちゃんと調べて、しっかり記録をとってあるのに。記憶細胞《きおくさいぼう》さん、おっちょこちょいでしょ？　それで、みんな、あんなに苦労しちゃって。ま、いいっすよ、終わったから。」

B細胞が笑うなか、記憶細胞は、

「今回のおれのことは……わ、わすれてくれーっ。」

と、はずかしそうに、すたこらにげだしたのだった。


このムンプスウイルスのように、データを記憶細胞が一度記録すると、いつおなじウイルスが来ても、すぐに強力な「抗体《こうたい》」を作れるので、やっつけることができる場合がある。

全部のウイルスとはいかないけれど、はしか、水ぼうそう、風疹《ふうしん》といった病気のウイルスには、過去《かこ》の記録が使える。

これを「獲得免疫《かくとくめんえき》」とよぶ。一度かかった強い病気のウイルスを、ぜったいにわすれない、体のしくみのことだ。

このしくみを利用して、死にかけた、とても弱いウイルス——ワクチンを、わざと体に送りこみ、記憶細胞《きおくさいぼう》に記録しておいてもらう方法がある。

予防接種《よぼうせっしゅ》——そう、あの、痛《いた》い注射《ちゅうしゃ》のことだ。小さな子どもだったころに、したことがある人も多いはず。

注射は痛いけれど、強いウイルスと戦うときに、役に立つ。

# 6 暑くて気分が悪い
## ——熱中症《ねっちゅうしょう》——

暑い。

ものすごく暑い。

暑い毎日が続いている。

赤血球《せっけっきゅう》AE《エーイー》3803番は、暑さでふらふらになりながら、髪《かみ》の長い女子先輩《せんぱい》といっしょに、首すじのあたりを歩いていた。

ほかにも、おおぜいの赤血球たちが歩いている。

ここは毛細血管とよばれる細い通路で、赤血球たちの流れが、のろのろと進んでいる。

体のもっとも外側にある、一般細胞《いっぱんさいぼう》たちが街を造《つく》って、「体の外という異世界《いせかい》」とのかべをきずきあげているあたりの、建物と建物のあいだにある通路だった。異世界の暑さが、まともに伝わってくる。

３８０３番はぼやいた。

「せ……先輩《せんぱい》……暑い……。」

「世界中が暑くなったら、全身の細胞《さいぼう》がみんな、疲《つか》れてしまう……。だから、わたしたち血液《けつえき》の細胞が、毛細血管を歩いて、この世界の熱を、『外の異世界《いせかい》』へ放とうとしているのよ。」

そう、３８０３番たちは、今は何かを運ぶというよりも、体の奥《おく》で混雑《こんざつ》していては暑苦しいので、なるべく外に近いところへと、広がって動いているのだった。

酸素《さんそ》を運ぶときはあざやかな赤、二酸化炭素《にさんかたんそ》を運んでもどるときは暗い色の赤と、リバーシブルで着ているジャケットも、今はぬいでいる。ジャケットの下は、黒のタンクトップなのだ。

「暑い……暑いです。」

「だいじょうぶよ。汗《あせ》をかけば、すずしくなるの。ほら、もうすぐ、汗腺《かんせん》ってノズルから、汗がかべの外へ流れだして、世界をすずしくする――きゃっ。」

「失礼！」

赤血球の先輩《せんぱい》をつきとばしそうになって走っていったのは、白血球《はっけっきゅう》の青年だった。３８０３番が見ると、顔なじみの白血球１１４６番だ。

「白血球さん！」

彼《かれ》の視線《しせん》の先には、見たこともない小型の細菌《さいきん》モンスターがいた。走ってにげてゆく。

「なんてしつこいやつだ！」

とさけんで、細菌モンスターがそこにいた赤血球を人質《ひとじち》にしようと、足を止めかける。そこへ、いち早く１１４６番が飛びかかった。

モンスターのうでをつかんでひきたおし、馬乗りになって、戦闘用《せんとうよう》ナイフを背《せ》につきたてる。

「ぐわあっ。」

一声さけんで、モンスターが動かなくなった。

ぴんぽーん、ぴんぽーん、と警報《けいほう》を鳴らしつづけていた、ぼうしのレセプターが、ばたり、と自動でたたまれる。

１１４６番はクールな表情《ひょうじょう》のまま、いったん立ちあがってわきへどくと、白い戦闘服《せんとうふく》の胸《むね》ポケットから携帯型《けいたいがた》通信機を出して、連絡《れんらく》した。

「こちら１１４６番。最後の細菌《さいきん》の駆除《くじょ》が完了《かんりょう》した。」

そして、ズボンのポケットからスプレー缶《かん》をとりだし、かがみこんで、細菌モンスターに中身をふきかける。モンスターはとけて消えた。

赤血球たちがざわつき、遠巻《とおま》きに見守る。

「あれは白血球……好中球《こうちゅうきゅう》だ。」

「この暑い中、走りまわって元気だな。」

３８０３番は１１４６番にかけよった。

「お疲《つか》れさまです、白血球さん！」

「よう、赤血球。」

立ちあがろうとした１１４６番が、ふらっ、とよろめいた。

「どうかしました？」

「いや……なんでもない。」

１１４６番たち好中球は、いつでも顔色が青白い上に、無表情《むひょうじょう》なので、元気なのかそうでないのかが、赤血球の３８０３番にはよくわからない。

「白血球さんのかっこう、暑そうですねぇ。」

１１４６番はいつものとおり、長そで長ズボンに長いブーツの白い戦闘服《せんとうふく》だった。

「装備《そうび》がつまっているので、着くずしたら、緊急時《きんきゅうじ》に対応《たいおう》できないからな。」

そのとき、通路のスピーカーからアナウンスが流れた。

『体温が上がりましたので、発汗《はっかん》します。』

３８０３番たちのまわりにいた赤血球たちが、ほっとしたようすを見せた。

「汗《あせ》が出るんだ。」

「よかった。これですずしくなる。」

「見に行きましょうよ、白血球さん。」

３８０３番は、１１４６番と先輩《せんぱい》をさそい、近くにある、汗腺《かんせん》というノズルの根もとへむかった。ノズルの先をライブカメラでとらえた映像《えいぞう》が、大型モニター画面に映《うつ》しだされている。ノズルの先からは、だらだらと水がわきだしていた。

「あれが、汗《あせ》かぁ。」

３８０３番がつぶやくと、

「変だわ……。」

と、先輩《せんぱい》が不安そうになった。

「汗って、流れだしたら、霧《きり》みたいになって蒸発《じょうはつ》し、そのときに熱をうばっていくのよ。でも、今はいつまでたっても液体《えきたい》のまま。」

「どういうこと？」

「たぶん、体外という異世界《いせかい》の、空気中の水分が多すぎて、これ以上、ほかの水分を受け入れてくれないのね。熱をうばえないから、すずしくならない。」

まわりの赤血球たちがこの言葉を聞きつけ、さわぎだした。

「どういうことだよ。」

「汗ですずしくなるっていうから、おれたち、熱を運んできて、この外に近い場所にいたんだぜ、暑いのに！」

そこへ、静脈《じょうみゃく》という大きな道のゲートから、さらにおおぜいの赤血球たちが、どっと押《お》しよせてきた。みんな、自分の体にためた熱を、放りだしに来たのだ。

毛細血管の細い通路は、大混雑《だいこんざつ》になる。ますます暑い。息苦しいほどだ。

あまりの混雑に、3803番は先輩《せんぱい》とはぐれ、もみくちゃにされた。押したおされそうになる。

「わあーっ。」

またしても、手をつかんで助けてくれたのは、1146番だった。たくましいうでにはすでに、血小板《けっしょうばん》の小さな女の子をふたり、かかえてかばっている。

「は……白血球さん……。」

(とっさに血小板ちゃんたちをかばうなんて、やっぱり、白血球さんはたよりになる。かっこいい!)

3803番は感動しながら、1146番にたずねた。

「助けてくれて、ありがとう……何が起きてるの?」

「血流増加《ぞうか》という現象《げんしょう》だ。これだけ見れば、ただの体温調節システムだが……この数は異《い》常《じょう》だ。汗《あせ》による冷却《れいきゃく》もうまくいかない。そして、経験《けいけん》したことがないほど、暑い。

上がりつづける体温……これは、まさか。」

そのとき、通路の天井《てんじょう》のライトが、いっせいに、ぶつっと音を立てて消えた。あたりが真っ暗になる。

「きゃあああっ。」

「どうした？」

「こわいっ。」

赤血球たちがパニックになった。

「なんだ、真っ暗になったぞ！」

「世界の終わりだあ。」

「どうなってるのよ、これぇっ。」

「いやあぁっ。」

ぐらっと、ゆかが大きくかたむき、立っていられなくなる。

「えっ、うわ、転ぶ！」

「押《お》さないで！」

「何かにつかまれっ。」

押《お》しつぶされそうになったとき、１１４６番が３８０３番をだきかかえ、かばいながら耳もとで低くつぶやいた。

「……まずい。」

どぉん……。

どこかはるか遠くから、にぶい音がした。がくんっ、と振動《しんどう》が伝わってきて、赤血球など、はたらく細胞《さいぼう》たちは、悲鳴をあげてうずくまり、おびえた。


**このとき、この体の持ち主「とある人間」は、暑さのあまり、気分が悪くなってめまいを起こし、気を失って、たおれてしまったのだ。**

**もちろん、そんなことは、体内にいる細胞たちは知らない。**

**そのとき、「とある人間」が口を開けたままだったため、たおれた場所の地面の、土の中で息をひそめて待っていた細菌《さいきん》モンスターが、体内へ飛びこんできたことも、細胞たちは知らなかった。**

どのくらいたったのだろう。

ようやく、暗さに細胞《さいぼう》たちの目がなれて、あたりがうすぼんやりと見えるようになってきたとき。


「ぶわはははははっ。」

不気味な高笑いが、うす闇《やみ》にひびいた。

「弱い。じつに弱い。このていどの熱でうろたえるとは。」

「その声！　抗原《こうげん》だな。」

ぴんぽーん！

1146番は顔を起こした。触手《しょくしゅ》を八本、手足のように生やした、灰色っぽい細菌《さいきん》モンスターが一匹《ぴき》、天井《てんじょう》近くの宙《ちゅう》に浮《う》いて、細胞たちを見下ろしていた。

「弱い貴様《きさま》らにはもったいない。この体、セレウス菌《きん》がもらいうける。」

きゃー、細菌《さいきん》だ、と赤血球たちが大騒《おおさわ》ぎになる。だが、大混雑《だいこんざつ》のまま、折り重なってたおれていて、かんたんには身動きできない。

1146番はどうにか立ちあがると、細菌モンスターをにらんだ。モンスターが気づき、すう、と宙《ちゅう》をすべってきた。すぐ頭上で止まる。

「ほう、貴様《きさま》が白血球か。」

「ああ、そうだ。火事場泥棒《どろぼう》みたいなまねをしてくれる。」

**土の中など、自然界にひそむセレウス菌《きん》は、食中毒をひきおこす菌だ。熱に強く、一度からにとじこもると、百度の熱湯で三十分煮《に》ても死なない。**

**そして、まわりのようすをうかがい、からをやぶって出てくると、あばれまわる。**

**熱中症《ねっちゅうしょう》になったからといって、いつもセレウス菌にやられるわけではないけれど、このときはあまりにも、運が悪すぎた。**

「われわれセレウス菌の名誉《めいよ》にかけて、この体をうばいとってみせる。白血球よ、いざ、勝負！」

「赤血球、血小板たちをたのむ！」

うでの中でかばっていた血小板のふたりを3803番にあずけ、1146番は身がまえた。すると……。

「なーんちゃって。」

細菌《さいきん》モンスターが、宙《ちゅう》をすべってにげだした。

「何っ⁉」

「ばーか、勝負なんかするか。この世界は、ほうっておいても、もうじき終わる。それまで、かくれさせてもらうぜ。」

「待て、この雑菌野郎《ざっきんやろお》っ。」

1146番は赤血球たちの頭上へ飛びだし、肩《かた》や背中《せなか》を踏《ふ》み台《だい》にして、細菌モンスターを追いかけた。

「白血球さん、がんばってくださいーっ。」

3803番の声が背後《はいご》に遠くなる。

うす暗い毛細血管の通路は、どこまで行っても赤血球でぎゅうぎゅうだ。細菌《さいきん》モンスターは、よゆうの表情《ひょうじょう》を浮《う》かべ、1146番をからかいながら、押《お》しあいへしあいしつつ進んでゆく赤血球たちの上をにげまわる。

「うわっはっはっ、どいつもこいつも、暑そうなツラしやがって。」

「く……、血液《けつえき》の流れにのって、すがたをくらます気だな。」

「ラッキーだぜ。ここらの血管は今、流れが速くなっている。『セレウス菌《きん》さん、ぶじににげきって、この体を侵略《しんりゃく》してください。』と言っているようなもの。いや……実際《じっさい》、言ってるのかな。」

赤血球たちをながめまわし、にやにやする細菌モンスターを、1146番は全力で追いかけた。かべをけってジャンプし、モンスターになぐりかかる。

「調子にのるなっ。」

「おっと、あぶない。」

1146番のこぶしをするりとかわし、宙《ちゅう》をすべってゆく細菌モンスター。1146番は赤血球の体を足がかりにしているので、あちこちで文句《もんく》を言われる。

「わっ、押《お》すなよっ。」

「いてっ。ぎゃ、白血球だ。」

「何するのっ。」

　1146番も大声でこたえる。

「細菌《さいきん》を追ってるんだ、通してくれ！」

「やだ、菌？　うそ、どこよ？」

「暗くて見えないーっ。」

「暑いし、暗いし、なんなんだよ、これ。」

「暑い暑い。」

「だれか状況《じょうきょう》を説明しろ。」

　とうとう白血球は、殺気立った赤血球たちにつかまって、ひきずりおろされてしまった。もみくちゃにされながら、どうにか血管のかべにたどりつき、遊走《ゆうそう》で外へ出て、すこし先の空《す》いた通路へと移動《いどう》したものの……。

「はあ……はあ……う……ぐ……はあ……はあ……はあ……。」

息が苦しく、気分が悪い。力がぬけて、ばったりとたおれてしまった。


**暑すぎて、汗《あせ》をかいても体が冷やされず、がんばって汗を出しているうちに、体の中の水分や塩分が少なくなって熱がたまり、気分が悪くなることを熱中症《ねっちゅうしょう》という。**

**軽いうちは、すずしい場所で休んで、スポーツドリンクなど塩分がすこし入った飲み物を飲むとよくなる場合もある。けれど、ひどくなれば、死んでしまうこともある。**

**熱中症にならないよう、夏は水分を多めにとったり、外へ出るときはぼうしをかぶったり、がまんしないですずしいところで休んだりしよう。**


「わーははは、こりゃあいいや。この体では、白血球まで熱中症とはな。このくそ暑い中、がんばりすぎちまったみたいだなあ。」

宙《ちゅう》をもどってきた細菌《さいきん》モンスターが、1146番を見つけ、ばかにする。

やっつけようと、ナイフをにぎりなおした1146番だった。しかし、立ちあがろうとして、ふらついた足を、細菌モンスターの触手《しょくしゅ》になぎはらわれて、どたっ、とみっともなく通路のゆかにたたきつけられてしまった。

「ぐ……ううっ。」

1146番はくやしくて、奥歯《おくば》をかみしめた。


そのころ、汗腺《かんせん》——汗《あせ》を出すノズルの管理事務所《じむしょ》の管理室では、ここではたらく細胞《さいぼう》たちが、パニックになっていた。

「隊長！　水分不足が過去《かこ》最悪です！」

「もう……汗を出すことができません。」

作業服すがたでうろたえる細胞たちに、隊長が指示《しじ》を出した。

「塩分——ナトリウムをありったけ集めろ！　その力で、体の奥《おく》から、残った水分を吸《す》い集めるんだ。」

「だめです！　ナトリウムも、ほとんど使いはたしてしまいました。吸い集めた水分といっしょに、汗として、外の異世界《いせかい》へ……流れでて……。」

「隊長、どうすれば……。」

「万策《ばんさく》つきました。」

細胞《さいぼう》たちのうったえに、隊長は深刻《しんこく》な表情《ひょうじょう》になった。

「……いや……まだ……ひとつだけ……。」

あとは無言で、管理室を出ていった隊長が、まもなく、ふしぎなかっこうでもどってきた。わらでできた腰《こし》みのを巻《ま》き、葉っぱのついた枝《えだ》を背《せ》にくくりつけ、木の実の長い首かざりをじゃらじゃらとさげている。

頭には、ひょうたんがいくつもぶらさがった、大きなかんむり。

「た……隊長？」

細胞たちがぎょっとするのもかまわず、隊長は汗腺《かんせん》ノズルの監視《かんし》モニターにむかってひれふした。首かざりをじゃらじゃらと手でもみながら、じゅもんを唱《とな》えはじめる。

「あ～～～め～～～ふ～～～れ～～～～。」

「……はい？　隊長??」

隊長は天井《てんじょう》をあおぎ、またゆかにひれふして、真剣《しんけん》にじゅもんを唱えた。

「雨よ～～～雨よ～～～降《ふ》れ降れ～～～はあ～～～降れ降れ～～～～。」

細胞《さいぼう》たちがどよめいた。

「雨ごい⁉」

「ま、まずい、隊長がこわれたぞ。」

「もう……ダメなのかな……。」

隊長が雨ごいをしているころ、この世界の体感温度は、じりじりと上昇《じょうしょう》し、だれもが息苦しくて、身動きもつらくなってきていた。

元気なのは、暑さに強い細菌《さいきん》モンスターのセレウス菌《きん》だけだ。

たおれたまま動けないでいる１１４６番の体を、宙《ちゅう》から一本の触手《しょくしゅ》でつりあげると、見せつけるかのように、ほかの数本の触手で、手当たりしだいに周囲のかべをこわしてゆく。

「くくく、見ろよ。体温調節機能《きのう》が、完全に役に立たなくなっちまったぜ。この体、もう終わりだな。」

にやりとして、横目でぐったりしている１１４６番をうかがう。

「残念だったなあ、白血球。みんなの命を守れなくて。」

あばよ、と1146番をゆかへ放りなげると、細菌《さいきん》モンスターが宣言《せんげん》した。

「さぁてっと。このくらいの熱、オレさまにはどうってことない。まずはそうだな、胃をぶっこわしてから、脳《のう》のあたりまで行ってやるかな。オレさまの力を示《しめ》すために。」

飛びたとうとする細菌モンスターの触手《しょくしゅ》の一本を、1146番はひっしになって、つかんだ。

「行かせ……ない……ぞ。」

「しつこいぞ、こらぁっ。」

モンスターが、つかまれていない触手をありったけふりまわし、1146番の体を、ばしばし、べしべし、力まかせにぶんなぐる。

「あきらめろ、てめえ。」

「この世界に……ぜったい、危害《きがい》は……加えさせない、からな。」

「やい、白血球、受け入れろ、現実《げんじつ》を！　この人体の体温調節システムは敗北したんだ、外の世界の気温にな！　もう、おしまいなんだよ。」

「なんとでも言え……この世界《からだ》は、まだ生きている！　体温調節システムが敗北しようと、無意味な努力になろうと、おれが仕事を投げだす理由にはならん!!」

モンスターが、心底めんどうくさそうな表情《ひょうじょう》に変わった。

「ばかなやつだ。死ぬ前くらい、ゆっくり休めばいいのに。」

触手《しょくしゅ》によって、大きくふりとばされた1146番は、かべに全身をたたきつけられ、そのまま、その下に開いていた穴《あな》――下の階層《かいそう》につながる立坑《たてこう》へと落ちていった。

モンスターの雄《お》たけびが、遠くなってゆく意識《いしき》に届《とど》く。

「暗闇《くらやみ》にかくれて、分裂《ぶんれつ》をくり返し、細胞《さいぼう》どもが高体温でパニックを起こしているすきに、この人体を乗っとる。

そうすれば、ここは全部、オレさまの国だーっ。やった、やったーっ。笑いが止まらねえーっ。じゃまするやつは、だれもいないぞーっ。」

そのとき、天井《てんじょう》から一条《いちじょう》の光が射《さ》した。

「な……何……？」

なんとでも言《い》え・・・!
体温調節《たいおんちょうせつ》システムが敗北《はいぼく》しようと無意味《むいみ》な努力《どりょく》になろうと
この体《からだ》はまだ生《い》きている!!
俺《おれ》が仕事《しごと》を投《な》げ出《だ》す理由《りゆう》にはならん!!
バカな奴《やつ》だ・・・・死《し》ぬ前《まえ》くらいゆっくりすりゃいいのに
く・・・・・
バキ
ああっ!?

あたりが明るくなり、理由がその天井《てんじょう》からの光だと気づいた３８０３番は、血小板たちと上を見あげた。

「なんだろう、あの光。」

「やさしい光だね、赤血球のおねえちゃん。」

血小板たちもまぶしそうに天井をあおぐ。

「ねえ、すずしくなってきたよ。」

「思いきり、息ができる……。」

「そうね。急にすずしくなった。でも、どうして？」

天井の光が射《さ》したところから、巨大《きょだい》な銀色のパイプがつきだしてきた。見たこともないものだ。パイプの先端《せんたん》はななめにカットされ、するどくとがっている。

それを見つけた赤血球たちも、どよめいた。

「なんだ、なんだ？」

ぼたっ！　パイプのとがった先から、透明《とうめい》な固まりが落ちた。

「水？」

「水の固まりがパイプから、落ちてきたぞ？」

つぎのしゅんかん、どぱあっ、とパイプから大量の水が流れ落ちてきた。たちまち、通路は川になり、ゆかやかべから水がしみこんでゆく。しみこむので、水の流れはおぼれるほどの深さにはならない。

「わあっ、水だーっ。」

「うっひょーっ、すずしいーっ。」

汗腺《かんせん》の管理事務所《じむしょ》では、隊長が部下の細胞《さいぼう》たちとだきあって、よろこんでいた。

「やった！　やりました、隊長！」

「隊長の雨ごいが、天に届《とど》いたんですよ！」

ひょうたんのかんむりをぬいで、胸《むね》にだき、隊長が感動のなみだを流す。

「あきらめないでよかった……これで、この世界は助かる。」

**細胞たちは知らなかったけれど。**

この世界の持ち主「とある人間」は、救急車で病院へ運ばれ、熱中症《ねっちゅうしょう》と診断《しんだん》されて、医師《いし》によって、水分補給《ほきゅう》の輸液《ゆえき》を受けたのだ。

天からやってきた巨大《きょだい》なパイプは、注射の針《はり》だった。

点滴《てんてき》という方法で、注射針《ちゅうしゃばり》を、静脈《じょうみゃく》──いつも赤血球たちが二酸化炭素《にさんかたんそ》を運んで、肺《はい》へもどっている大きな道へとさし、じかに体内へ、水分や、ナトリウムなどの成分を流しこむ。

注射の前に、すずしくなったのは、病院のエアコンがきいていたからだ。明るくなったのは、気絶《きぜつ》していた「とある人間」が、意識《いしき》を取りもどしたためだった。

病院で点滴治療《ちりょう》を受けている「とある人間」は、わきの下や首すじ、太ももなど、太い血管がある場所を、氷嚢《ひょうのう》──氷水を入れたふくろで冷やしてもらい、回復《かいふく》しつつあった。

一方、細菌《さいきん》モンスターのセレウス菌《きん》はあせっていた。

この世界の照明が、つぎつぎとふたたびともされて、明るさが増《ま》してゆく。

「あ……明るくなってきやがった。この人体が回復してるってことか？　薬も使わず、水分と冷却《れいきゃく》で回復《かいふく》とは……そんな……ばかな……。」

そのとき、だれかが、背後《はいご》から触手《しょくしゅ》をつかみ、ぐい、とひっぱった。浮《う》いていたモンスターは、おそるおそるふり返って下を見る。

そこに立っていたのは……。

「ああ、さっぱりした。目がさめたし、体も冷えた。」

1146番だった。

びしょぬれだが、うつろだった目の色が、元にもどっている。

転落したとき、うすれゆく意識《いしき》の中、1146番はかろうじて、L－セレクチン装置《そうち》のスイッチを入れることができた。落ちないための装置だ。

起動した装置のおかげで、立坑《たてこう》のかべにあるはしごに服がはりつき、通路から流れ落ちてきた水をかぶって、しっかりと意識を取りもどせた。

そして、はしごを登ってきたのだ。

1146番は、無言でナイフをふりかざした。

「は……白血球、さん……ゆるし――。」

あーーーサッパリした
白血球

「ゆるさん!!」

ナイフの白刃《はくじん》がひらめいた。

細菌《さいきん》モンスターをたおした１１４６番は、明るく、すずしくなった毛細血管の通路へと、かべのドアから出てきた。

そこにはちょうど、３８０３番と血小板たちがいた。

「あっ、白血球のおにいちゃん、いたー。」

三人がかけよってくる。

「細菌は？」

「もう、だいじょうぶだ。」

「白血球さん、首とか、わきの下とか、広い広い道のあたりが、とくにすずしいんだって。行ってみましょうよ。」

３８０３番に手をひっぱられる。

「お、おお。」

みんなで首まで行ってみると、たしかにとてもすずしくて、気持ちがいい。

「本当だあ。でも、なんでかなあ。」

「わからん。……とにかく、今は、これでいい。」

休憩《きゅうけい》ポイントで、みんなそろって冷えた麦茶を給茶機から紙コップにくみ、通路のはしにあるベンチにすわって休む。血小板たちが、おいしそうに麦茶を飲みほした。

それを見つめていた１１４６番に、３８０３番が苦笑《くしょう》した。

「白血球さん、そんなにほっとした顔して。もっとすずしいかっこうで、仕事したほうがいいですよ。」

「そうだな……レセプターが静かなときくらいは、いいか。」

１１４６番は戦闘服《せんとうふく》のえりもとのボタンを、ひとつ開けた。

「……すずしい。」

「ね？」

３８０３番と１１４６番は、ほほえみあった。

はたらく細胞《さいぼう》たちの仕事は、毎日続いてゆく。
この世界が生きてゆくかぎり、仕事に終わりはない。

**著者**
**時海結以** ときうみ・ゆい
長野県生まれ。遺跡の発掘や歴史・民俗資料の調査研究にたずさわった後、2003年『業多姫《ごうたひめ》』（富士見書房）で作家デビュー。
著書は『源氏物語 あさきゆめみし（全５巻）』『真田十勇士』『紫式部日記 天才作家のひみつ』（以上、講談社青い鳥文庫）、『小説 ちはやふる 中学生編（全４巻）』『小説 映画 ちはやふる』（ともに講談社）、『orange【オレンジ】』（双葉社ジュニア文庫）など。日本児童文学者協会、日本民話の会所属。

**原作・イラスト**
**清水 茜** しみず・あかね
1994年、東京都生まれ。第27回少年シリウス新人賞にて大賞を受賞。月刊少年シリウスにて「はたらく細胞」を連載。

医療監修／原田知幸

**講談社KK文庫 A25-2**

# 小説《しょうせつ》　はたらく細胞《さいぼう》

2018年７月10日 第１刷発行（定価はカバーに表示してあります。）
2021年３月１日 第13刷発行

著　者　時海結以《ときうみゆい》
原作・イラスト　清水茜《しみずあかね》



発行者　渡瀬昌彦
発行所　株式会社 講談社
〒112−8001 東京都文京区音羽2−12−21
電話 編集 東京(03)5395−3535
販売 東京(03)5395−3625
業務 東京(03)5395−3615

印刷所　株式会社新藤慶昌堂
製本所　株式会社国宝社
本文データ制作　講談社デジタル製作

講談社



N.D.C.913　175p　18cm　Printed in Japan　ISBN978-4-06-511718-7